Tricia Kreitman • Sag, was du meinst!
Psycho-Tipps für Girls

OMNIBUS

DIE AUTORIN

Foto: © privat

Tricia Kreitman ist Psychologin und hat als Therapeutin in der psychosexuellen Beratung gearbeitet. Heute ist sie Kummerkastentante verschiedener Mädchen- und Frauenmagazine. Tricia Kreitman ist verheiratet und hat zwei Söhne.

Dieses Buch richtet sich gezielt an Jugendliche und handelt von Dingen, die sie ganz besonders betreffen. Um diese oft komplexen, emotionsgeladenen und körperbezogenen Aspekte so klar und einfach wie möglich darzustellen, mussten allgemeine Formulierungen verwendet werden, die unter Umständen unpräzise und selektiv sein können. Für Auslassungen, Irrtümer oder Kränkungen infolge welcher Gründe auch immer können weder Verlag noch Autorin verantwortlich gemacht werden.

Tricia Kreitman

Sag, was du meinst!

Psycho-Tipps für Girls

Aus dem Englischen von
Angelika Eisold-Viebig

OMNIBUS

OMNIBUS

Band 20939

Der Taschenbuchverlag
für Kinder und Jugendliche
von Bertelsmann

Umwelthinweis:
Dieses Buch wurde auf chlorfrei gebleichtem Papier gedruckt.

Deutsche Erstausgabe Dezember 2000
Gesetzt nach den Regeln der Rechtschreibreform

Die Originalausgabe erschien unter dem Titel
»Say what you mean and get what you want«
bei Macmillan Children's Books, London
Übersetzung: Angelika Eisold-Viebig
Lektorat: Brigitta Neumeister-Taroni
Umschlagbild: Eva Schöffmann-Davidov
Umschlagkonzeption: Klaus Renner
go · Herstellung: Stefan Hansen
Satz: Uhl + Massopust, Aalen
Druck: Presse-Druck Augsburg
ISBN 3-570-20939-3
Printed in Germany

www.omnibus-verlag.de

10 9 8 7 6 5 4 3 2 1

Inhalt

Einleitung

Dieses Buch handelt von echten Menschen mit echten Problemen. Sie haben alle eines gemeinsam: Sie stecken in einer Situation fest, in der sie sich nicht wohl, ja vielleicht sogar bedroht fühlen – und sie wissen nicht, wie sie herauskommen sollen.

Als mir die Idee zu diesem Buch kam, bat ich die Leserinnen und Leser von Mädchen- und Frauenzeitschriften mir zu schreiben, was sie erlebt hatten. Das meiste hier drin ist aus weiblicher Sicht geschrieben. Das ist nicht verwunderlich, schließlich bin ich eine Frau, aber es liegt auch daran, dass Mädchen und Frauen auf diesem Gebiet spezielle Probleme haben und öfter darüber reden. Ich habe Hunderte und Aberhunderte von Briefen über Beziehungen, Situationen und Gewohnheiten erhalten, in die Menschen hineingeschlittert sind, in denen sie sich jetzt aber unglücklich fühlen.

Manches, was in diesen Briefen stand, hat mich richtiggehend erschreckt, so zum Beispiel Berichte über Beziehungen, die wahre Liebe versprachen, sich aber in leibhaftige Albträume verwandelten. Andere Briefe handelten von Situationen, in denen die Schreibenden nicht wissen, ob sie tun sollen, was sie im Grunde genommen möchten, oder eher, was alle erwarten. In solchen Situationen ist es irgendwie immer einfacher, mit dem Strom zu schwimmen, als die Sache selbst in die Hand zu nehmen und etwas zu ändern. Und so endet es meist damit, dass man sich einredet, eigentlich sei alles in Ordnung – und einfach weiterwurstelt.

Gott sei Dank geht es oft gut aus. Es hat ja auch keinen Sinn, immer pessimistisch zu sein und alles schwarz zu sehen. Aber hier in diesem Buch geht es um bestimmte Situationen, in denen du entdeckst, dass deine Sorgen begründet sind, und du dich auf einmal in einer Lage wieder findest, die dir und vielleicht auch jenen, die dir nahe stehen, eine Menge Kummer beschert.

Dieses Buch will dir weder raten, jedes Risiko zu vermeiden, noch ist es ein hinterhältiger Versuch, dich in eine perfekte, gesetzestreue Bürgerin zu verwandeln. Ich möchte dir damit vielmehr helfen in jenen unangenehmen Situationen handeln zu können, wo Schweigen bedeutet, unglücklich zu sein oder missbraucht zu werden.

Sich zu behaupten, entschlossen zu sein und Nein sagen zu können, all das sind lebensnotwendige Fähigkeiten für ein glückliches und erfolgreiches Leben. Aber das bringt man uns nicht wirklich bei, geschweige denn, dass wir darin ermutigt werden. Oft mögen es Erwachsene nicht, wenn junge Leute – und besonders Mädchen – sagen, was sie denken. Wenn du etwas offen ansprichst, kann es passieren, dass du als Angeberin oder als vorlaut verschrien wirst. Aber es gibt einen Unterschied zwischen vorlaut sein und klar und deutlich das verlangen, was du willst und was für dich richtig ist. Es hat zwar auch mit den Gefühlen anderer zu tun, aber vor allem geht es dabei um deine Selbstachtung.

Als »Sorgentante« zweier Frauenzeitschriften lese ich etwa 400 Briefe pro Woche, das sind über 200 000 Briefe in den letzten zehn Jahren. Einige davon klingen aufgemotzt und manche sind zum Kichern, aber die Mehrzahl stammt von traurigen, bedrückten und verängstigten Menschen beiderlei Geschlechts. Das ist ziemlich viel Kummer – egal, welchen Maßstab man anlegt.

Die Leute fragen mich oft, wie ich auswähle und entscheide, welche Briefe in der Kummerecke veröffentlicht werden. Die Antwort darauf ist gar nicht so leicht, aber zwei wesentliche Gesichtspunkte sind wohl, ob ich eine nützliche Information oder einen Rat geben kann, und dann noch das, was ich »aus dem Bauch reagieren« nenne. Bei manchen Briefen gehe ich vor Verzweiflung fast an die Decke. Es sind Briefe von Leuten, die ich am liebsten am Kragen packen und anschreien möchte. Das heißt nicht, dass ich ihnen böse bin – sondern dass mich ihre Situation einfach verrückt macht. Ich könnte dann schreien – und manchmal tu ich es auch: »Das kann so nicht weitergehen!«, oder: »Schau dir doch nur an, was du dir selbst damit antust.« So ging es mir zum Beispiel, als ich folgenden Brief las:

Liebe Tricia,
als ich meinen Freund kennen lernte, war ich noch nie mit jemand anders zusammen gewesen (das hat sich bis jetzt nicht geändert), und ich war so froh, dass ein Junge mich beachtet hat. All meine Freundinnen fanden ihn toll und er kam auch mit meiner Familie super klar, also habe ich mir immer gesagt, wie glücklich ich doch bin, so eine tolle Beziehung zu haben.

Wir sind praktisch ständig zusammen und er sagt mir immer, wie sehr er mich liebt. Jetzt fragst du vielleicht, wo das Problem liegt. Na ja, ich fühle mich irgendwie unterdrückt und je länger das so geht, desto mehr bekomme ich Angst, dass ich niemals ein eigenes Leben führen kann. Er mag es nicht, wenn ich mit meinen Freundinnen weggehe, und ich brauche einen anderen Jungen nur anzusehen, dann unterstellt er mir schon weiß Gott was. Er redet immer davon, dass wir heiraten und unser Leben miteinander verbringen werden, und obwohl meine Freundinnen mich alle beneiden, habe ich einfach nur Angst. Ich möchte auf ein College in einer anderen Stadt, aber er kann das nicht verstehen und sagt, ich soll zu Hause bleiben und irgendwo in der Nähe aufs College gehen.

Ein- oder zweimal habe ich vorgeschlagen, dass wir uns etwas seltener sehen oder uns probeweise trennen sollten, aber er hat sich dann so aufgeregt, dass ich echt Angst hatte, er stellt etwas Dummes an. Ich weiß, dass ich eigentlich froh sein müsste und dass ich undankbar bin, aber ich bin trotzdem so unglücklich. Er ist mir schon wichtig und ich will ihn nicht verletzen, aber ich weiß einfach keinen Ausweg mehr. Bitte hilf mir.

Jayne

Manchmal hilft es schon, seine Probleme aufzuschreiben. So kannst du deiner Situation für einen Moment entkommen und sie objektiv, das heißt von außen, betrachten. Ich bin sicher, dass die meisten Leute, deren Briefe auf der Sorgenseite veröffentlicht wurden, meine Antwort im Grunde gar nicht mehr brauchten – schwarz auf weiß vor sich zu sehen, was man geschrieben hat, reicht manchmal schon aus, um die Lösung für das Problem zu erkennen. Ich hoffe jedenfalls, dass es Jayne so gegangen ist. Aber das funktioniert natürlich nicht jedes Mal und so geraten viele von uns (ja, ich eingeschlossen) immer mal wieder in Situationen, in denen sie sich unbehaglich fühlen.

Dieses Buch habe ich für Leute in genau solchen Situationen geschrieben. Es hat keinen Sinn, wenn ich mich seitenlang darüber auslasse, was du tun oder lassen solltest (selbst wenn ich alle Antworten wüsste), also lasse ich die Briefe, die ich erhalten habe, für sich sprechen. Ich habe einige Richtlinien, wie du dir aus brenzligen Situationen heraushelfen kannst und dich verhalten musst, wenn etwas falsch läuft, in kurzen Merksätzen zusammengefasst; es gibt eine Menge Informationen über deine Rechte und du findest ganz hinten im Buch allgemeine Hinweise, Adressen und Telefonnummern, wenn du Hilfe brauchst.

Aber vor allem möchte ich, dass du die Stimmen jener hörst, die mir schreiben. Dass du hörst, was ihnen zugestoßen ist, und dir überlegst, welche Botschaft darin in Bezug auf dein Leben verborgen liegt.

Und um endlich anzufangen – was hältst du von den folgenden Situationen:

Ich habe eine Freundin, die es immer schafft, mich zu Dingen zu überreden, die ich später bedaure. Vor einigen Jahren hat sie mir durch eine schwere Zeit geholfen und seitdem tu ich, wenn ich mit ihr zusammen bin, immer Dinge, die ich eigentlich gar nicht tun wollte, oder gebe mehr Geld aus, als ich vorhatte. Sie ist viel spontaner als ich und viel beliebter. Sie geht sehr unüberlegt mit Geld um, verschuldet sich immer mehr, kauft Dinge, die sie nicht braucht, geht häufig essen usw. und schiebt ihre Probleme immer auf andere. Sie hat außerdem eine sehr hohe Erwartung an Freunde, und wenn ich mit ihr zusammen bin, komme ich mir oft vor, als wäre ich das Dummchen. Es ist meistens sehr lustig mit ihr und ich möchte ihre

Freundschaft eigentlich nicht verlieren, aber manchmal frage ich mich, ob sie den ganzen Stress wirklich wert ist.

Sonia, 18

Was würdest du an Sonias Stelle tun? Findest du, dass sie Recht hat, sich über ihre Freundin zu beschweren? Und wenn ja, gibt es irgendetwas, was sie ändern kann, ohne die Freundschaft zu ruinieren?

Rachels Geschichte

Am ersten Abend, an dem ich mit Pete wegging, wusste ich noch nicht viel über ihn. Er brachte mich nach Hause, kam noch herein und stellte sich meinem Vater vor. Das gab mir das Gefühl, sehr wichtig zu sein, weil das niemand vorher gemacht hatte. Ich sah ihn jeden Tag und nach vierzehn Tagen war ich total verknallt. Wenn ich jetzt zurückdenke, würde ich sagen, er hat mich irgendwie gedrängt, mit ihm zu schlafen, obwohl es mir damals so vorkam, als sei alles von mir ausgegangen. Ich hatte sogar schon bald einige Tatsachen über Pete herausgefunden, die mich vor ihm hätten warnen sollen. Er hatte keine Wohnung, dealte ab und zu mit weichen Drogen und nahm sie auch selbst. Er hatte bereits ein Kind von einem anderen Mädchen und kam gerade aus einer wieder anderen Beziehung mit einem Mädchen, das seinetwegen eine Abtreibung hatte.

Er hatte haufenweise Probleme, aber er tat mir Leid. Er schaffte es, zeitweise in einem Jugendwohnheim unterzukommen, aber man warf ihn dort wegen Drogen wieder raus. Ich hatte einen Teilzeitjob und nach und nach nahm er immer mehr Geld von mir an. Ich gab es ihm gern, weil er mir Leid tat. Meine Freundinnen und meine Angehörigen sagten mir alle, er sei kein guter Umgang, aber je mehr sie gegen ihn sagten, desto mehr wollte ich ihn sehen.

Rachel

Hast du auch schon mal die Ratschläge von Freunden oder der Familie ignoriert, wenn sie jemanden kritisierten, den du mochtest? Wenn ja, wer, denkst du, hatte Recht? Würdest du dich das nächste Mal anders verhalten?

Ich hatte früher ständig Streit mit meinen Eltern, weil ich das Gefühl hatte, sie seien dauernd gegen mich, und ich hielt sie für total altmodisch. Einmal war mein Vater nach einem Streit so wütend, dass er mich richtig gemein anbrüllte und auf mein Zimmer schickte. Ich war total sauer und wollte es meinen Eltern heimzahlen. Als ich an meinem Schreibtisch saß, wo ich ein wenig gearbeitet hatte, fiel mein Blick auf eine Tube mit Klebstoff, auf der stand »Gesundheitsschädigend, nicht einatmen«. Ich wusste, dass es falsch war, aber ich war richtig zufrieden bei dem Gedanken, etwas zu tun, worüber sich meine Eltern ärgern würden. Also schnüffelte ich Klebstoff. Ich hatte zwar einen Moment lang ein schlechtes Gewissen, aber ich sagte mir, es sei schließlich nicht meine Schuld, sondern sie hätten mich dazu gebracht.

Nicole

Die meisten Leute haben schon mal etwas Dummes getan, um es jemandem heimzuzahlen – aber wie, glaubst du, würdest du dich danach fühlen? Meinst du, du würdest es wieder tun?

Ich fuhr mit meiner Freundin in Urlaub und an einem Abend trafen wir in einer Kneipe zwei ältere Jungs. Nachdem wir uns eine Weile unterhalten hatten, gingen wir mit zu ihnen und irgendwann spielten wir Strip Poker und knutschten. Ich wollte, dass der Typ, mit dem ich gegangen war, aufhörte, und als ich ihn darum bat, tat er das auch. Dann meinte er, wir könnten uns doch oben in seinem Zimmer unterhalten, damit sein Freund mit meiner Freun-

din zusammen sein könne. Als wir dort waren, fing er wieder an mich zu streicheln und zu küssen, sagte aber, er würde nicht weiter gehen. Ich mochte es nicht und wollte, dass er aufhörte, aber er sagte nur, ich solle mir keine Sorgen machen. Ich hatte zu viel Angst, um überhaupt etwas zu tun, und machte mir furchtbare Sorgen, ohne zu wissen, warum.

Becky

Becky mochte diesen Jungen offenbar – war es also deiner Ansicht nach wirklich so unklug, mit ihm auf sein Zimmer zu gehen? Was hättest du getan? Wärst du bereit gewesen, die Wohnung allein zu verlassen, ohne deine Freundin?

Ich bin 15 und gehe schon seit über zwei Jahren mit meiner Freundin. Sie ist das einzige Mädchen, mit dem ich je gegangen bin. Ich glaube, dass ich sie liebe, aber in letzter Zeit war unsere Beziehung nicht besonders gut. Immer wenn wir uns unterhalten, streiten wir irgendwann und meistens soll es dann meine Schuld gewesen sein. Ich habe vorgeschlagen, dass wir uns für eine Weile trennen, aber da hat sie angefangen zu weinen und ich hatte ein schlechtes Gewissen, dass ich so etwas überhaupt vorgeschlagen habe. Sie sagte, sie könnte ohne mich nicht leben, obwohl ich nur eine Trennung auf Probe vorgeschlagen hatte.

Phil

Kannst du verstehen, wie Phils Freundin sich fühlt? Was meinst du, sollte Phil tun? Glaubst du, sie werden für immer zusammenbleiben?

Als ich ins Internat kam, dachte ich, mein Mathelehrer sei einfach nur sehr freundlich. Er strich mir über die Schultern und den Rü-

cken (genau wie bei fast allen anderen Mädchen) und ich achtete nicht weiter darauf. Aber dann passierte es immer öfter und er berührte auch meine Brust und ich begann mich ziemlich unwohl zu fühlen. Ich erzählte es meinen Freundinnen und sie passten auf mich auf, aber es wurde trotzdem schlimmer, so schlimm, dass ich Angst hatte, in seinen Unterricht zu gehen, und schon Albträume seinetwegen hatte.

Kim, 12 – an einem Internat

Glaubst du, dass du das Recht hast, dich über einen Lehrer zu beschweren? Wenn ja, wie würdest du es tun?

Vor fünf Jahren, als ich 22 war, hatte ich eine sehr liebevolle Beziehung mit John. Er respektierte mich, wir hatten viel Spaß zusammen und stritten nie, doch leider war ich so dumm, das alles wegzuwerfen. Als ich einmal mit einer Freundin weg war, lernte ich Steve kennen. Ich fühlte mich sofort zu ihm hingezogen, obwohl ich normalerweise sehr treu bin, wenn ich eine Beziehung habe. Aber damals wollte ich Steve und machte mit John Schluss. Ich log, als ich sagte, ich bräuchte einige Zeit für mich alleine und dass ich für eine ernsthafte Beziehung nicht bereit sei, und begann sofort mit Steve zu gehen.

Nach nur zwei Dates machte mir Steve einen Antrag und – aus welchem Grund auch immer – ich nahm an. Es war dumm, denn ich wusste eigentlich, dass es nicht das war, was ich wollte. Trotzdem machte ich weiter und an Weihnachten steckte bereits der Verlobungsring an meinem Finger. Es gab einen Streit mit John, als er entdeckte, dass ich mich nach nur einer Woche verlobt hatte, wo ich unsere Beziehung doch mit der Begründung beendet hatte, allein sein zu wollen. Ich hatte ein furchtbar schlechtes Gewissen, wollte ihm gar nicht wehtun und ihm alles erklären, aber ich konnte es nicht, denn ich konnte es mir ja nicht einmal selbst erklären. Stattdessen sagte ich, er solle verschwinden, als er mich zur Rede stellte. Bald merkte ich, dass Steve keine meiner Freundinnen mochte, und ich musste ihnen gegenüber Ausreden erfinden, wenn ich sie seinetwegen nicht sehen konnte. Er hatte mich völlig in Beschlag genommen.

Corinne

Bedeutet jemanden zu lieben, dass du bereit sein musst, alles andere aufzugeben? Was würdest du tun, wenn dein Freund/deine Freundin dich daran zu hindern versuchte deine Leute zu treffen?

Der Ausweg aus einigen der hier vorgestellten Probleme mag dir und mir ziemlich offensichtlich erscheinen – und trotzdem haben sich Sonia, Rachel, Phil und die Übrigen festgefahren. Nicht mehr sie bestimmen ihr Leben, sondern andere Leute und Ereignisse. Dieses Buch soll dazu dienen, dass du und alle anderen, die es lesen, ihre eigene Situation erkennen, ihr Leben selbst in die Hand nehmen und sich selbst aus Problemen heraushelfen können oder – noch besser – sie (und dich) davor bewahren, überhaupt in ähnliche Situationen zu geraten.

1

Aber das machen doch alle

Mit Gruppendruck klarkommen

All deine Freundinnen und Freunde rauchen, trinken Alkohol oder lügen ihre Eltern an, wenn diese wissen wollen, wohin sie abends gehen. Du weißt nicht so recht, was du tun sollst, aber du weißt, dass du irgendwie ins Abseits gerätst, wenn du dich nicht beteiligst. Also was tun?

Sehen wir den Tatsachen ins Gesicht – JA zu sagen ist viel einfacher, als NEIN zu sagen. Wenn du vergleichst, steht auf der Ja-Seite, dass du möchtest, dass die anderen dich mögen und mit dir zufrieden sind und dass es generell leichter ist, mit dem Strom zu schwimmen. Auf der Nein-Seite aber steht, dass du ausgeschlossen würdest, dass du die kalte Schulter gezeigt bekämst oder als Feigling dastündest – und das hält dich davon ab. Nicht verwunderlich also, dass Entscheidungen oft unter dem Gesichtspunkt fallen: »Ach was soll's, warum eigentlich nicht?«

Als kleines Kind hat man es da viel einfacher. Wenn jemand den roten Bauklotz will, mit dem du gerade spielst, kannst du einfach Nein schreien – und wenn das nicht funktioniert, dem anderen damit eins überziehen. Aber irgendwie komplizieren sich die Dinge beim Erwachsenwerden. Freundinnen und Freunde sind ziemlich wichtig – um genau zu sein, sie sind lebensnotwendig und wir haben alle schon mal die Bedeutung oder den Beliebtheitsgrad einer Person nach der Größe ihres Freundeskreises bemessen. Wenn du also möchtest, dass die anderen dich in Ordnung finden, lässt du dich gern mit einer Clique sehen. Und etwas zu tun, was dazu führen könnte, dass du aus dieser Clique verstoßen wirst, ist eindeutig unangenehm.

Aber was passiert, wenn jemand in der Clique etwas tut, was du nicht magst? Wie schwierig ist es dann, aufzustehen und Nein zu sagen, und wie leicht ist es, die Entscheidung einfach noch einen Tag aufzuschieben und noch ein bisschen länger mitzuspielen?

Julies Geschichte

Ich war gerade 18 geworden und hatte noch nie einen Jungen geküsst, geschweige denn irgendetwas anderes (alle an der Schule wussten das, dank einer geschwätzigen früheren Freundin.) Ich war daran gewöhnt, dass mich alle »zu brav« fanden. Außerdem war ich ziemlich schüchtern, was auch nicht gerade weiterhalf. Natürlich rauchten all meine Freundinnen und eines Morgens war ich echt deprimiert, also fragte ich eine meiner engsten Freundinnen, ob sie vielleicht Kippen dabeihätte. Als sie sich nach ungefähr drei Minuten von ihrem Schock erholt hatte, sagte sie, dass sie welche von ihrer Mutter hätte. In der ersten Pause zog ich mal von ihrer Zigarette und fühlte mich richtig gut und cool dabei, also nahm ich eine ganze. In der Mittagspause ging ich dann los und kaufte mir selbst ein Päckchen und ein Feuerzeug.

Einige Wochen später hatte ich einen schlimmen Asthmaanfall und reduzierte die Anzahl der Zigaretten, die ich rauchte, von zehn am Tag auf drei. Zuerst war es schwierig, aber schließlich schaffte ich es. Nach wieder ein paar Wochen fragte mich eine andere Freundin, ob ich am Abend auf eine Party kommen wolle, ihre Eltern seien übers Wochenende verreist. Ich sagte zu, weil ich meinen neuen Ruf nicht verlieren wollte.

Als ich hinkam, waren eine Menge Leute bereits betrunken, also fing ich auch an zu trinken und zu rauchen. Zwei echt toll aussehende Typen kamen zu mir rüber und boten mir irgendwelche Pillen an. Ich wusste zwar nicht genau, was es war, aber ich nahm eine davon und kaufte mir dann noch welche. Innerhalb der nächsten paar Stunden muss ich mindestens drei genommen haben und ich wusste überhaupt nicht mehr, was ich tat. Ein paar von meinen Freundinnen merkten, dass ich so nicht nach Hause konnte, also riefen sie bei meinen Eltern an und erzählten ihnen, dass ich eingeschlafen sei, aber morgen gegen Mittag nach Hause käme.

Ich wachte am nächsten Tag erst gegen Mittag auf und fühlte mich schrecklich, also rauchte ich erst mal eine und genehmigte mir einen Drink, dann ging es mir besser. Ich nahm ein Taxi nach Hause und ging gleich zu Bett. Meine Eltern wollten schon einen Arzt holen, aber ich sagte, ich hätte nur Migräne, und schließlich glaubten sie mir. Tatsache ist, dass ich gehörig Angst bekommen hatte, weil ich mich selbst kaum wieder erkannt hatte. Mir war klar geworden, dass es so nicht weitergehen durfte. Zum Glück hatte ich gerade erst mit Drogen angefangen, also war es nicht allzu schwer, mir das wieder abzugewöhnen; mit den Zigaretten aufzuhören fiel mir schwerer. Ich weiß immer noch nicht, ob es der Druck von meinen Freundinnen war oder die Schule, weshalb ich überhaupt damit angefangen hatte, aber ich weiß, dass ich nie vorher solche Angst hatte wie in der Nacht, in der ich mich überhaupt nicht mehr unter Kontrolle hatte.

Julie fühlte sich als Außenseiterin. Weil eine angebliche Freundin allen von ihrem »Mangel an Erfahrung« berichtet hatte, bekam sie das Gefühl, dass die Clique sich über sie lustig machte. Sie wollte ihr Image aufbessern und sich wichtig fühlen, also fing sie an zu rauchen und Drogen zu nehmen. Fast als wollte sie sagen: »He, schaut mich doch an.« Sie suchte nach Beachtung und Aufmerksamkeit.

Warum sind Cliquen so mächtig?

Ob man nur mit einer kleinen Gruppe von Freunden zu tun hat oder mit einer ganzen Menge Leute – es gibt ein paar Dinge, die zu wissen recht nützlich sein kann.

1. Wenn eine Clique existiert, ist es erst mal angenehmer, dazuzugehören

Julie war Außenseiterin und musste einen Weg finden, um in die Clique aufgenommen zu werden. Sie fand, ihr (wie sie es sah) Mangel an Erfahrung stehe ihr dabei im Weg, und versuchte ein falsches Image zu schaffen, indem sie sich als härter und cooler gab, als sie in Wirklichkeit war.

2. Eine Gruppe neigt immer dazu, auf dem (vermeintlich) schwächsten Mitglied herumzuhacken

In Cliquen wird oft auf demjenigen Mitglied herumgehackt, das ein wenig anders zu sein scheint. Dies kann von ein, zwei Einzelnen ausgehen, die angeben, Macht demonstrieren wollen oder sich sogar selbst unsicher fühlen. Andere Gruppenmitglieder fühlen sich wahrscheinlich unwohl dabei, machen aber trotzdem bei den Hänseleien mit, teils um das Gefühl der Macht und Stärke zu genießen, aber auch um nicht selbst zu Opfern zu werden. Verdächtigungen, dass dieses Verhalten falsch oder grausam sei, werden schnell zurückgewiesen, denn schließlich tun es ja alle. Also kann es doch nicht so schlimm sein, oder?

Julie dachte, sie sei zum Opfer geworden, weil die anderen sie »zu brav« fanden und daher ausschlossen. Es kann einsam sein außerhalb der Clique und so bauen sich leicht Ängste auf. In ihrer Vorstellung hat Julie die Situation wahrscheinlich übertrieben, aber sie dachte, alle sprächen über sie. Sie fand, man hacke auf ihr herum und stemple sie zum Opfer. Rauchen und Drogen zu nehmen, gab ihr vorübergehend Selbstvertrauen, aber sie hätte der Opferrolle auch auf andere Weise entkommen können. Mit einem Sport anzufangen, ein Hobby zu entwickeln oder ein ernsthaftes Interesse an einem Thema, von dem niemand anders viel weiß, kann dir ebenfalls Selbstvertrauen vermitteln. Cliquen und besonders diejenigen in den Cliquen mit der größten Klappe suchen nach Anzeichen von Schwäche und Verletzlichkeit bei ihren Opfern und sobald du Stärke zeigst, wird es weniger wahrscheinlich, dass sie sich auf dich konzentrieren.

3. Eine Clique zu durchschauen, mindert ihre Macht

Cliquen können unglaublichen Druck ausüben und dabei einfach mitzumachen ist leicht. Aber wenn du sozusagen einen Schritt zurücktreten und dir mit etwas Abstand anschauen kannst, was passiert, wird es einfacher, eigene Entscheidungen zu treffen. Julie ließ sich vom Image einer trinkfesten, starken Raucherin beeindrucken, merkte aber auf Grund einiger unangenehmer Erlebnisse, dass sie sich selbst schadete. Zum Glück begriff sie, was geschah, und kam zu dem Schluss, dass ihre Gesundheit wichtiger war, als Freundinnen zu beeindrucken. Und sofort begann die Clique ihre Macht zu verlieren. Julie bekam mehr Selbstvertrauen, wurde glücklicher und entdeckte, dass sie kein »Image« brauchte, um gemocht zu werden.

Beste Freundinnen und Freunde

Manchmal besteht eine Clique nur aus zwei Personen. Ich habe mit vielen jungen Menschen gesprochen, die außergewöhnliche Dinge auf sich genommen haben, um ihre »beste« Freundin zufrieden zu stellen. Sonia war eine von ihnen – wir haben sie in der Einleitung schon kurz kennen gelernt.

Sonias Geschichte
Ich habe eine Freundin, die es immer schafft, mich zu Dingen zu überreden, die ich später bedaure. Vor einigen Jahren hat sie mir durch eine schwere Zeit geholfen und seitdem tu ich, wenn ich mit ihr zusammen bin, immer Dinge, die ich eigentlich gar nicht tun wollte, oder gebe mehr Geld aus, als ich vorhatte. Sie ist viel spontaner als ich und viel beliebter. Sie geht sehr unüberlegt mit Geld um, verschuldet sich immer mehr, kauft Dinge, die sie nicht braucht, geht häufig essen usw. und schiebt ihre Probleme immer auf andere. Sie hat außerdem eine sehr hohe Erwartung an Freunde, und wenn ich mit ihr zusammen bin, komme ich mir oft vor, als wäre ich das Dummchen. Es ist meistens sehr lustig mit ihr und ich möchte ihre Freundschaft eigentlich nicht verlieren, aber manchmal frage ich mich, ob sie den ganzen Stress wirklich wert ist.

Von all meinen anderen Freundinnen (von denen sie die meisten für »Landeier« hält) lasse ich mich nicht so behandeln, aber irgendwie schafft sie es immer, mir das Gefühl zu vermitteln, dass ich Unrecht habe und sie im Recht ist.

Kürzlich hatten wir ausgemacht, zusammen in Urlaub zu fahren, aber dann dachte ich, dass ich das Geld eigentlich lieber sparen würde, um von zu Hause ausziehen zu können. Ich habe sie nie vorher im Stich gelassen (obwohl sie oft genug verspätet zu Verabredungen kam oder sie kurzfristig absagte usw.), aber als ich ihr jetzt absagte, war sie außer sich, verletzt und furchtbar wütend auf mich. Sie rechnete mir vor, welche Schwierigkeiten sie hatte, das Geld zusammenzubringen, und erklärte, dass es jede Menge anderer Leute gäbe, mit denen sie auch hätte in Urlaub fahren können. Und – siehe da – natürlich machen wir zusammen Urlaub, obwohl ihre finanzielle Situation noch angespannter ist als meine.

Wir leben in verschiedenen Städten, deshalb sehen wir uns praktisch nur an den Wochenenden, da übernachtet dann normalerweise eine von uns bei der anderen. Aber irgendwie endet es immer damit, dass wir etwas für sie tun, zum Beispiel die halbe Nacht ihre Wohnung umräumen oder von Laden zu Laden tigern, um das passende T-Shirt zu ihren neuen Jeans zu finden.

Ich weiß, dass es kindisch und lächerlich ist, Freundschaften miteinander zu vergleichen, aber wenn ich andere Freundinnen besuche, die weiter weg wohnen, dann verwöhnen sie mich ein wenig, genauso, wie ich es tue, wenn sie mich besuchen. Sie aber behandelt mich immer wie »eine aus der Familie«, was einesteils zwar schmeichelhaft ist, aber mir andernteils auch das Gefühl gibt, ausgenutzt zu werden. Sie braucht sich mir gegenüber nicht zu verstellen oder so zu tun, als ginge es ihr gut, aber manchmal denke ich, dass sie sich mir gegenüber ruhig ein bisschen mehr anstrengen könnte.

Sonia, 18

Sonia erzählte am Anfang ihrer Geschichte, ihre Freundin habe ihr durch eine schlimme Zeit geholfen. Danach hatte sie das Gefühl, sie schulde es ihr, besonders nett und nachgiebig zu sein. Dennoch führt sie eine ganze Liste von Verhaltensmustern an, die die meisten Leute wirklich nerven würden.

Liegt also wirklich die ganze Schuld bei ihrer Freundin? Ich frage mich, ehrlich gesagt, ob Sonia ihre Märtyrerrolle nicht auch ein wenig genießt. Offensichtlich beklagt sie sich ganz gern ein bisschen über ihre Freundin, aber ich vermute zudem, die Tatsache, dass ihre Freundin sich auf sie verlässt und Erwartungen an sie hat, vermittelt Sonia auch das Gefühl, wichtig zu sein. Das heißt, sie gibt den Forderungen ihrer Freundin oft nach, weil sie sich dabei gut fühlt. Ihr Unterbewusstsein sagt ihr, sie müsse ein guter Mensch sein, wenn sie sich auf diese Art Ansprüche einlässt.

Doch allmählich wird ihr klar, dass das Gleichgewicht in dieser Freundschaft gestört ist. Sie genießt es zwar zu geben, aber nicht bis zu dem Ausmaß, dass ihr eigenes Leben und ihre Bedürfnisse völlig vernachlässigt werden. Ich sehe für Sonia und ihre Freundin voraus, dass es bald zu einem heftigen Streit kommen wird. Vielleicht ist die Freundin einsichtig und erkennt, wie sie sich während der letzten Jahre verhalten hat, aber leider bezweifle ich das. Wahrscheinlicher ist, dass Sonia einfach aufhören wird sich mit ihr zu treffen. Und beide Seiten werden sich dabei irgendwie unwohl fühlen.

Was könnte sie sonst noch tun? Tja, jede gute Freundschaft und jede Beziehung erfordert auch Verhandlungsgeschick und Kompromisse. Es ist wichtig zuzuhören, was die andere Person will, aber es ist auch absolut notwendig, seine eigenen Ansichten zu vertreten. Nichts zu sagen – und wenn auch nur, um den anderen nicht zu verletzen –, führt bloß dazu, dass die anderen denken, du seist mit allem einverstanden. Das wird rasch zur Gewohnheit, also kannst du es ihnen eigentlich nicht verdenken, wenn sie dich nicht mehr nach deiner Meinung fragen oder darüber nachdenken, was du vielleicht möchtest. Manche Menschen können nur im Streit verhandeln, aber Streiten ist sehr anstrengend und verbraucht viel Energie. Umso nützlicher ist es deshalb, eine ruhigere Methode zu entwickeln, um das zu bekommen, was du willst – oder zumindest einen Kompromiss zu erzielen.

Deinen Willen durchsetzen

Angenommen, Sonia kommt am Samstagmorgen bei ihrer Freundin an und erfährt, dass diese vorhat, den ganzen Tag nach dem perfekten weißen T-Shirt zu suchen. Um einen Streit zu vermeiden, stimmt Sonia zu, aber innerlich kocht sie während der nächsten 24 Stunden.

Was hätte sie tun sollen? Dem Vorschlag ihrer Freundin mit einem eigenen begegnen, zum Beispiel: »Ehrlich gesagt hatte ich gehofft, wir könnten heute schwimmen gehen« oder: »Ich bin nicht ganz fit und ein Einkaufsbummel macht mich nicht gerade an, wie wäre es, wenn wir uns ein kitschiges altes Video reinziehen?« Eine solche Antwort macht sofort den Weg zu einem Kompromiss frei. Dem Einkaufen am Vormittag könnte ein Ausflug ins Schwimmbad oder ein Videonachmittag folgen, was beide Seiten zufrieden stellt. Ansonsten hätte Sonia auch noch mit der Feststellung nachgeben können, am nächsten Wochenende sei sie an der Reihe, das Programm zu bestimmen.

Wenn es dir schwer fällt zu sagen, was du willst, hilft es dir vielleicht, wenn du es erst mal aufschreibst. Dadurch kannst du deine Gefühle sortieren und dich auf das konzentrieren, was du ändern möchtest. Wichtig ist daran zu denken, dass du dich beim Verhandeln für deine eigenen Gefühle und Bedürfnisse nicht entschuldigst. Der Freundin tut's nicht Leid, dass sie nach einem T-Shirt suchen möchte, und Sonia braucht sich nicht zu entschuldigen, dass sie lieber schwimmen oder vor der Glotze versacken will. Sinnvoll ist es auch, besonders wenn man befreundet ist, einander gelegentlich ein Einspruchsrecht einzuräumen – dass man sich auch mal schlicht weigern kann, etwas Bestimmtes zu tun. Sosehr man grundsätzlich immer nach einem Kompromiss suchen sollte – wenn es etwas gibt, was jemand wirklich nicht mag, dann sollte sie oder er das auch offen sagen dürfen.

Wenn ein Kompromiss nicht infrage kommt

Sasha, eine ganz normale Fünfzehnjährige, wurde eines Tages von einer Freundin aus der Schule zu einem besonderen Treffen für Jugendliche in der Kirche eingeladen. Sasha war ziemlich schüchtern, ein wenig unsicher und hatte keinen großen Freundeskreis, also nahm sie die Gelegenheit wahr, am Wochenende neue Leute kennen zu lernen und etwas Neues zu unternehmen. Allerdings fand sie bald heraus, dass sie es mit einer Angst einflößenden und manipulierenden Sekte zu tun hatte.

Sashas Geschichte

Meine Freundin gehört einer besonderen kirchlichen Gruppierung an und fühlt sich offensichtlich so glücklich dort, dass ich mich freute, als sie mich zum ersten Mal mitnahm. Alle hießen mich willkommen, aber man erzählte mir dort immer, dass meine Familie eigentlich gar nicht meine Familie sei und dass ich mein Leben Jesus widmen müsse. Ich habe mich zwar mit einigen angefreun-

det, aber auch sie erklärten mir, manche meiner Ansichten seien völlig falsch und Homosexuelle zum Beispiel seien verdammt.

Wenn ich zu den Treffen gehe, habe ich oft Angst, und von dem, was sie reden, bekomme ich oft Albträume. Und trotzdem kann ich irgendwie nicht aufhören hinzugehen. Ich weiß, dass meine Mutter sich Sorgen um mich macht. Sie sagt, meine Freundin übe einen schlechten Einfluss auf mich aus, aber ich habe solche Angst, dass mir und meiner Familie etwas Schreckliches zustößt, wenn ich nicht mehr zu den Treffen gehe.

Sasha war einsam und verletzlich und deshalb ein leichtes Opfer für diese Gruppe. Sie freute sich, neue Freunde zu finden, aber sie merkte von Anfang an, dass einiges von dem, was sie hörte, nicht mit ihren eigenen Gefühle übereinstimmte. Die Gruppe »bearbeitete« sie, gab ihr das Gefühl, angenommen und gebraucht zu werden, während sie ihr gleichzeitig den Eindruck vermittelte, dass ihr und ihrer Familie entsetzliche Dinge zustoßen könnten, wenn sie nicht den »richtigen Glauben« annähmen. Als Sasha mir schrieb, hatte sie schon solche Angst, dass sie daran dachte, wegzulaufen oder sich gar umzubringen, um dem Druck sowohl von der Kirche als auch von ihrer Familie zu entkommen.

Ich schrieb ihr, sie solle versuchen einen vertrauenswürdigen Erwachsenen in ihrer Nähe zu finden, mit dem sie darüber reden und der ihr bei der Klärung ihrer Ängste helfen könnte. Ich erklärte auch, dass ich, obwohl keine Expertin auf dem Gebiet Religion, der Ansicht sei, die meisten Glaubensrichtungen wollten Sicherheit und Unterstützung vermitteln, und dass jede Religion, die versucht sie von ihrer Familie abzukapseln und mit Haut und Haaren zu verschlingen, mit höchstem Misstrauen zu betrachten sei.

Gott sei Dank hatte sie, als sie meinen Brief bekam, bereits mit ihrer Tante gesprochen. Sie war so verzweifelt gewesen, dass sie mit jemandem hatte reden müssen, und ihre Tante hatte ihr zugehört und erklärt, dass diese Gruppe versuchte sie völlig unter ihren Einfluss zu bekommen. Sie riet Sasha, der Gruppe eine Weile fernzubleiben und dann zu sehen, wie sie sich fühlte. Tatsächlich nahmen Sashas Albträume nach einigen Wochen ab und sie sah alles in einem anderen Licht:

Zuerst rief meine Freundin mich immer wieder an und fragte, warum ich nicht mehr zu den Treffen käme, und ich hatte Angst, überhaupt ans Telefon zu gehen. Meine Mutter (die inzwischen Bescheid wusste) sagte ihr die Meinung und dass ich nirgendwo mehr mit ihr hinginge. Es war ziemlich schlimm und ich fühlte mich in der Schule sehr unwohl, aber zum Glück waren bald Osterferien und dadurch wurde es einfacher. Nach ein paar Wochen wurde mir klar, dass viele Dinge, die die Gruppe mir eingeredet hatte, überhaupt keinen Sinn ergaben. Ich hatte gar nicht gemerkt, wie sehr sie mich zugemüllt hatten. Als ich dort war und sie sich immer so nett zu mir verhielten, war mir irgendwie alles so logisch vorgekommen. Ich bin nur froh, dass ich es geschafft habe, rechtzeitig davon loszukommen.

Manche Freundschaft oder Liebe zu jemandem kann sehr gefährlich werden. Rachel traf einen Jungen, der anders zu sein schien als all ihre anderen Freunde, und sie fühlte sich von seinem gefährlichen Reiz angezogen. Ihre Freundinnen und ihre Familie sahen zwar, dass es Probleme geben würde, aber niemandem war klar, wie viele.

Rachels Geschichte

Am ersten Abend, an dem ich mit Pete wegging, wusste ich noch nicht viel über ihn. Er brachte mich nach Hause, kam noch herein und stellte sich meinem Vater vor. Das gab mir das Gefühl, sehr wichtig zu sein, weil das niemand vorher gemacht hatte. Ich sah ihn jeden Tag und nach vierzehn Tagen war ich total verknallt. Wenn ich jetzt zurückdenke, würde ich sagen, er hat mich irgendwie gedrängt, mit ihm zu schlafen, obwohl es mir damals so vorkam, als sei alles von mir ausgegangen. Ich hatte sogar schon bald einige Tatsachen über Pete herausgefunden, die mich vor ihm hätten warnen sollen. Er hatte keine Wohnung, dealte ab und zu mit weichen Drogen und nahm sie auch selbst. Er hatte bereits ein Kind von einem anderen Mädchen und kam gerade aus einer wieder anderen Beziehung mit einem Mädchen, das seinetwegen eine Abtreibung hatte.

Er hatte haufenweise Probleme, aber er tat mir Leid. Er schaffte es, zeitweise in einem Jugendwohnheim unterzukommen, aber man warf ihn dort wegen Drogen wieder raus. Ich hatte einen Teilzeitjob und nach und nach nahm er immer mehr Geld von mir an. Ich gab es ihm gern, weil er mir Leid tat. Meine Freundinnen und meine Angehörigen sagten mir alle, er sei kein guter Umgang, aber je mehr sie gegen ihn sagten, desto mehr wollte ich ihn sehen.

Ich kam mir wichtig vor, weil er 19 war und ich erst 16 und keine meiner Freundinnen ging mit jemandem, der schon so alt war.

Eines Tages bat er mich um die Mitgliedskarte meiner Mutter für die Videothek. Er wollte in dem Laden Videos klauen und sie für Drogen verkaufen. Ich sollte die Karte als verloren melden. Ich ging nach Hause, erzählte meiner Mutter, ich hätte die Karte verloren, und sie rief im Laden an. Es war eine Katastrophe. Die Angestellte hatte Pete schon mit mir gesehen und wieder erkannt und ich musste meiner Mutter gestehen, dass ich ihm die Karte gegeben hatte. Meine Mutter rief die Polizei an, die überprüfte ihn und dann kam sogar die Drogenfahndung zu uns nach Hause. Man gab mir die Tasche zurück, die ich Pete gegeben hatte, und durchsuchte mein Zimmer nach Drogen. Die Polizei stellte mir jede Menge Fragen, obwohl ich zu jener Zeit nichts vom Ausmaß seiner Drogengeschäfte wusste.

Kurz darauf war Pete auf der Flucht vor der Polizei und ich traf ihn heimlich in der Stadt. Meine Freundin wusste Bescheid, sagte jedoch nichts. Meine Mutter dachte, ich hätte mit ihm Schluss gemacht. Jedes Mal, wenn ich Pete sah, gab ich ihm Geld und dann begann ich ihm jede Woche Geld zu schicken. Schließlich machte sich meine Freundin solche Sorgen, dass sie meine Eltern anrief. Ich hatte ein furchtbar schlechtes Gewissen, aber ich konnte einfach nicht aufhören ihn immer wieder zu sehen.

Dann sagte Pete, er müsse weg, also kündigte ich meinen Teilzeitjob, ohne es meiner Mutter zu sagen. Wir verschwanden, aber Pete machte mir schnell klar, dass er mich nicht am Hals haben wollte. Ich landete vor der Tür meiner Tante und bat sie mich aufzunehmen. Drei Tage später ging ich wieder nach Hause. Ich hatte keinen Teilzeitjob mehr und auch die Schule ohne Aussicht auf einen richtigen Job verlassen. Der einzige Grund, warum ich mit der Schule aufgehört hatte, war, dass Petes Freunde alle älter waren als ich und keiner mehr in die Schule ging, sodass ich mir komisch vorkam.

Schließlich regelte sich alles und ich bekam einen Job. Dann tauchte Pete wieder in der Stadt auf und wieder gab ich ihm mehr und mehr von meinem Lohn. All meine Freundinnen redeten auf mich ein, aber ich hatte einfach das Gefühl, Pete sei mein Leben. Er hatte so eine Art, mich herumzukriegen. Ich ließ mir alles gefallen und für meine Familie war es die Hölle, aber er versicherte mir im-

mer wieder, er werde niemals eine andere lieben, und ich glaubte ihm, also blieb ich bei ihm. Ich wollte nicht mehr allein sein!

Dann fand ich heraus, dass er eine Affäre mit einem anderen Mädchen hatte, aber ich blieb trotzdem bei ihm. Schließlich war er wieder auf der Flucht vor der Polizei und rief mich einige Male an, weil er Geld von mir wollte. Inzwischen war ich dem Selbstmord nahe. Ich rief bei einer Notrufnummer an und erzählte alles, was geschehen war. Man hörte mir zu – stundenlang, kam es mir vor – und organisierte für mich eine regelmäßige Therapie. Schließlich fand ich die Kraft, Pete zu schreiben und mit ihm Schluss zu machen. Er rief mich weiter an, aber ich legte einfach auf und gab ihm keine Gelegenheit, irgendetwas zu sagen. Eines Tages hörten die Anrufe auf und jetzt habe ich seit über zwei Jahren nichts mehr von ihm gehört.

Meine Eltern haben meinetwegen eine Menge durchgemacht, aber ich war einfach naiv und erst 16. Durch diese Erfahrung wurde ich viel schneller erwachsen und jetzt habe ich jemanden kennen gelernt, der sich wirklich etwas aus mir macht. Wir sind glücklich und wollen vielleicht heiraten.

Rachel erkannte die Warnsignale von Anfang an – aber Pete tat ihr Leid. Sie dachte wahrscheinlich, er bräuchte nur etwas Liebe und Verständnis und sie könnte ihm helfen. Sie war beeindruckt von seinem Alter und seiner Erfahrung, aber dass er sie brauchte, vermittelte ihr auch das Gefühl, wichtig zu sein.

Die ganze Zeit, in der sie zusammen waren, war es Rachel, die gab, und Pete nahm nur. Er kümmerte sich nicht darum, wie es ihr ging, und sah es als recht und billig an, dass sie ihn unterstützte. Ihre Beziehung war völlig aus dem Gleichgewicht. Ich bezweifle, dass es etwas gab, was sie hätte tun können, damit er sie besser behandelte. Glücklicherweise schaffte sie es, sich von ihm zu trennen, doch die seelischen Wunden wird sie noch viele Jahre spüren. Wenn man ihre Geschichte liest, fällt es einem leicht zu sagen, sie hätte viel früher mit ihm Schluss machen sollen. Doch ihr selbst fehlte die Kraft dazu. Sie brachte den Schritt zurück nicht fertig, um ihre Situation von außen betrachten zu können.

In dieser Lage ist es von unschätzbarem Wert, mit einer vertrauenswürdigen Freundin oder einem Berater zu reden. Wäre Rachel in der Lage gewesen, jemandem zu erzählen, was vorging, hätte ihr dies ermöglicht, die Dinge von außen zu sehen. Sie hätte vielleicht nicht darauf gehört, aber es hätte ihr zumindest eine zusätzliche Meinung verschafft und – was noch wichtiger ist – die nötige Unterstützung. Informationen über Beratungsmöglichkeiten aller Art findest du am Ende des Buches im Kapitel »Hilfe«.

Wenn Nein sagen nicht genügt

Manchmal genügt Nein sagen oder sich auf etwas nicht einlassen als Antwort nicht. Was tust du, wenn sich eine Gruppe oder eine Einzelperson, die dir nahe steht, so verhält, dass es dir Angst macht oder sogar so gefährlich erscheint, dass du allein nicht damit klarkommst? Jemanden zu »verpetzen« macht nicht gerade beliebter. Aber hast du die Wahl?

Mein bester Freund John war immer eher ein Einzelgänger und ich weiß, dass er mit Cliquen nicht besonders gut klarkommt. Ich habe jede Menge Freunde, aber sie sind nicht so scharf darauf, mit John zu tun zu haben, obwohl er und ich ziemlich eng befreundet sind.

Wir unternehmen oft an den Wochenenden und abends etwas zusammen, aber in der Schule bleibt er lieber für sich. Ich habe versucht, ihn mit einzubeziehen, aber irgendwie passt das keinem, auch ihm nicht. Kürzlich wurde er sehr deprimiert und sagte, dass er das Leben nicht mehr lebenswert finde. Ich habe das anfänglich nicht ernst genommen, aber jetzt habe ich entdeckt, dass er seiner Mutter Schlaftabletten stiehlt, und ich habe Angst, dass er sich tatsächlich umbringen will.

Richard, 16

Ich mache mir solche Sorgen um meinen Freund, weil er total auf Drogen ist und auf Rave abfährt. Das geht schon seit Jahren so und ich habe wahnsinnige Angst um seine Gesundheit. Es macht auch unsere Beziehung kaputt und ich weiß einfach nicht, was ich tun soll. Seine Eltern würden total sauer auf ihn, wenn sie das mit den Drogen herausfänden, aber zumindest müsste er dann damit aufhören. Es bringt nichts zu sagen, dass ich mit ihm reden soll, denn er sagt bloß, er werde schon aufhören, wenn er so weit sei. Aber was geschieht in der Zwischenzeit? Ich muss etwas unternehmen, bevor es zu spät ist. Ich hätte furchtbare Schuldgefühle, wenn ihm irgendetwas passieren würde.

Sammy

Meine beste Freundin ist ständig auf Diät. Vor ungefähr sechs Monaten machten sich ihre Eltern deswegen Sorgen und gingen mit ihr zu einer Ärztin, die sagte, sie sei an der Grenze zur Magersucht. Dann passten ihre Eltern auf, was sie aß, und es schien ihr auch wieder etwas besser zu gehen. Aber ich weiß, dass es ihr inzwischen wieder viel schlechter geht und dass sie ihre Eltern anlügt. Sie frühstückt überhaupt nicht mehr und ihr Pausenbrot wirft sie weg und erzählt dann ihrer Mutter, sie habe auf dem

Heimweg etwas bei mir gegessen. Sie redet ständig nur davon, abnehmen zu müssen, und sieht furchtbar aus. Ich verstehe nicht, warum ihre Eltern nicht sehen, was los ist. Ich will sie nicht verraten, aber ich habe wirklich Angst, dass sie echt krank wird, wenn nicht bald jemand etwas unternimmt.

Sandy

Ich habe eine Freundin, die mir erzählte, warum sie magersüchtig ist. Ich war ganz schön schockiert und wusste erst nicht, ob es wahr ist oder nicht. Es ist etwas, was ihr vor langer Zeit passiert ist. Sie bat mich, es niemandem zu erzählen und ich will sie auf keinen Fall verraten, aber es ist etwas wirklich Schlimmes und ich habe ihr immer wieder gesagt, dass sie mit jemand anders darüber reden soll, aber sie will nicht. Es ist so furchtbar, ich fühle mich so unwohl dabei. Ich muss es einfach jemandem erzählen, denn ihr Vater schimpft die ganze Zeit mit ihr, weil es mit ihr nicht besser wird. Er wirft ihr ihre Magersucht vor und beschuldigt sie, damit ihre Eltern strafen zu wollen.

Ruth, 17

All diese Briefe zeigen ein Dilemma auf. Sollst du die Verantwortung für deinen Freund oder deine Freundin übernehmen und andere über ihre schlimmen Gewohnheiten oder Probleme informieren? Würdest du dich dabei gut fühlen? Einer erwachsenen Person zu erzählen, was los ist, könnte ihnen helfen wieder gesund zu werden, ja ihnen sogar das Leben retten, aber es hieße auch, die Freundschaft aufs Spiel zu setzen. Und was würden andere sagen, wenn sie wüssten, dass du deine beste Freundin oder deinen besten Freund »verpetzt« hast?

Die Antwort darauf ist nicht leicht, aber ich denke, du solltest dich von deinem eigenen Grad an Beunruhigung leiten lassen. Wenn du anfängst, dir über jemanden so große Sorgen zu machen, dass es dein eigenes Leben beeinträchtigt, dann musst du einen Weg finden, um diese Ängste loszuwerden. Das könnte geschehen, indem du mit den Betroffenen redest (selbst wenn sie dann oft einfach sagen, sie würden aufhören, wenn sie so weit seien – so zum Beispiel, als Sammy mit ihrem Freund über seinen Drogenkonsum sprechen wollte). Es könnte aber auch heißen, mehr zu tun und einer erwachsenen Person davon zu erzählen.

Oft tut es gut, über solche Dinge mit den eigenen Eltern zu reden. Das hilft manchmal, alles aus einer anderen Perspektive zu sehen. Du wirst deiner Sache sicherer und erkennst, dass es vielleicht doch nicht so schlimm ist, wie du dachtest. Es kann aber auch sein, dass sie deine Befürchtungen bestätigen und sagen, dass etwas getan werden muss – und dir hoffentlich dabei helfen.

Wenn du denkst, du kannst damit nicht zu deinen Eltern gehen, kennst du vielleicht andere verständnisvolle Erwachsene. Du könntest natürlich auch direkt mit den Eltern deiner Freundin oder deines Freundes sprechen. Sandys Essstörung zum Beispiel war bereits bekannt und dennoch schienen ihre Eltern die Tatsache zu ignorieren, dass sie immer dünner und dünner wurde. Manche Eltern machen ein Geheimnis aus solchen Problemen oder haben ihrerseits Schwierigkeiten, die sie daran hindern, der Realität ins Auge zu sehen. Dann muss jemand von außen kommen und das Problem offen legen.

Ruths Freundin versucht ein furchtbares Geheimnis zu bewahren, doch davon wird sie immer kränker. Aus dem, was Ruth erzählt hat, wird ziemlich deutlich, dass ihre

Freundin ihre Magersucht unmöglich heilen kann, solange sie dieses Geheimnis mit sich herumträgt. Die Haltung des Vaters mag ebenfalls eine Rolle spielen. Ruth ist einer unerträglichen Situation ausgesetzt. Sie hat das Gefühl, vielleicht den Schlüssel zur zukünftigen Gesundheit und zum Glück ihrer Freundin zu haben, aber sie darf ihn nicht benutzen. Ich würde allen in Ruths Lage den Rat geben, die Situation mit einer Person durchzusprechen, der man vertrauen kann, dass sie ein Geheimnis bewahrt. Oft bedeutet dies, dass Eltern oder Lehrer nicht gerade die erste Wahl sind.

Wenn du daran denkst, dich einer Lehrerin oder einer anderen Autoritätsperson anzuvertrauen, solltest du vorher fragen, ob sie dir Verschwiegenheit zusichern können. So weißt du, woran du bist, bevor du ihnen ein Geheimnis anvertraust.

Wenn das nicht geht, gibt es andere Stellen, wo du Hilfe und Rat bekommen kannst, zum Beispiel beim Kinder- und Jugendtelefon (siehe »Hilfe«). Du kannst auch im Telefonbuch unter den entsprechenden Stichwörtern wie »Notdienste« oder »Familienberatungsstellen« nachsehen, denn auch wenn du selbst nicht dort anrufen willst, ist dir deine Freundin oder dein Freund mit dem Problem vielleicht für die Information sehr dankbar.

2

Wir wissen es doch am besten

Mit Eltern klarkommen

Enden »Diskussionen« in deiner Familie ständig im Streit? Stellst du fest, dass es immer und immer wieder um das gleiche Thema geht? Hast du das Gefühl, dass deine Eltern nicht verstehen, wie du dich fühlst? Verstehst du, wie sie sich fühlen?

Mit Eltern klarzukommen, gehört wohl zu den häufigsten Problemen. Ich meine, wenn du als Mamis kleiner Schatz oder Papas Prinzessin aufwächst, ist es ziemlich schwierig, diese Rolle aufzugeben und deinen Eltern anders gegenüberzutreten. Manche schaffen es nie und verwandeln sich, selbst wenn sie unglaublich wichtige Jobs und bereits eine eigene Familie haben, sobald sie die elterliche Wohnung betreten, wieder in »unseren kleinen Engel«.

Manchen gelingt es ja, ihre Teenagerjahre ohne größere Schwierigkeiten zu überstehen, doch allzu oft gibt es zu Hause Zoff. Und hattest du einmal einen Wahnsinnsstreit mit deinen Eltern, ist es ziemlich schwierig, alles wieder einzurenken. Also dürfte es keine schlechte Idee sein zu lernen, wie du mit deinen Eltern klarkommst, sodass weder du noch sie den Totalstress haben, nicht wahr?

Vergiss nie, dass Eltern selbst oft ein geradezu albtraumartiges Leben führen. Sie sehen die große, weite Welt als schrecklichen Ort an, wo es nur so von Haifischen wimmelt, die ihren kleinen Schatz auffressen wollen. Also bestehen sie lieber darauf, dass du abends um neun Uhr zu Hause bist, denn wenn nicht, könntest du ja einen Mann treffen, der dich zu einem mit Wodka versetzten Drink überredet, dir Drogen verabreicht, dich vergewaltigt (ohne Kondom) und dann auf seinem Motorrad mitnimmt, womit ihr – weil er selbst unter Drogen steht – dann verunglückt, und du als gelähmte, schwangere, drogenabhängige Alkoholikerin zurückbleibst. Klingt weit hergeholt? Tja, vielleicht solltest du mal deine Eltern nach ihren geheimen Ängsten fragen.

Natürlich gibt es auch noch die coolere Version. Manche Eltern wissen, wie es ist, jung zu sein. Oh Mann, das wissen sie wirklich – wahrscheinlich erzählen sie dir endlose Geschichten über ihre eigenen echt verrückten Jugendjahre. Sie wissen, dass du alles ausprobieren möchtest, und sie glauben, dass du selbst merkst, was dir gut tut, wenn du ein paar Mal so betrunken warst, dass du dich stundenlang übergeben hast. Du hast schon mal Drogen genommen? Na ja, sie fallen nicht gleich in Ohnmacht, wenn die Polizei vorbeikommt und wenn es Probleme in der Schule gibt, sind sie in der Lage, deinen Lehrer davon zu überzeugen, dass du deine Lektion jetzt wirklich gelernt hast. Ehrlich. Und wenn du schwanger wirst – tja, es ist nicht das Ende der Welt, du könntest ja auch abtreiben. Dies sind die wirklich und wahrhaftig liberalen und aufgeschlossenen Eltern. Und sei bloß nicht sauer auf sie, denn genau wie diejenigen, die dich abends um neun Uhr zu Hause einschließen wollen, versuchen sie nur, ihr Bestes zu tun.

Jeanettes Geschichte

Ich komme mir zu Hause wie eine Gefangene vor. Ich bin 16 und habe gerade meine mittlere Reife gemacht und man sollte meinen, dass meine Eltern jetzt ein wenig lockerer werden. Aber nein. Alles, worüber sie reden, ist meine Zukunft und dass ich weiter hart arbeiten müsse. Sie erwarten, dass ich, sobald ich nach Hause komme, auf mein Zimmer gehe und lerne, und wenn ich sage, ich hätte keine Hausaufgaben, glauben sie mir nicht. Ich darf nur einen Abend in der Woche weg, meistens samstags, soll aber um neun, oder wenn etwas Besonderes ist, um halb zehn, wieder zu Hause sein.

Das ist völlig absurd, denn alle anderen dürfen viel, viel länger wegbleiben. Wenn ich weggehe, wollen meine Eltern genau wissen, wohin und mit wem. Und wenn sie jemanden nicht mögen, lassen sie mich einfach nicht gehen. Oft rufen sie dort an, wo ich gesagt habe, dass ich sei, um nachzuprüfen, ob ich auch wirklich dort bin. Das macht mich bei meinen Freunden total lächerlich und natürlich habe ich sie schon angelogen und andere dazu gebracht, dass sie mich decken, um mehr Freiheit zu haben.

Meine Eltern haben dauernd gesagt, dass ich nicht rauchen und keinen Alkohol trinken soll und dass ich Schwierigkeiten bekäme, falls ich es doch täte. Über Sex haben sie nicht viel gesagt, außer dass ich mich von Jungs fern halten soll. Aber ich rauche natürlich doch, denn alle anderen rauchen auch, bloß vergesse ich nie, jede Menge Pfefferminz zu lutschen, bevor ich nach Hause gehe. Und ich trinke auch Alkohol. Ich passe einfach auf, dass ich nicht betrunken nach Hause komme, obwohl es ein- oder zweimal doch passiert ist. Zum Glück haben meine Eltern es nicht gemerkt. Ich habe einfach gesagt, ich hätte Kopfschmerzen, und bin zu Bett gegangen.

Ich hatte noch nie einen Freund, es gibt allerdings einen Jungen, den ich mag, und ich glaube, er mag mich auch. Die Sache ist bloß die, dass er mich bestimmt nie um ein Date bitten wird, weil ich immer schon so bald zu Hause sein muss. Aber wenn er es täte, denke ich, dass ich so ziemlich alles mit ihm tun würde. Meine Eltern vertrauen mir ja sowieso nicht, oder? Also kann ich genauso gut tun, was sie erwarten.

Jeanette, 16

Wie du siehst, sind Jeanettes Eltern äußerst streng mit ihr und haben Regeln aufgestellt, wie sie sich zu verhalten hat. Sie tun das, weil sie Angst vor dem haben, was ihr geschehen könnte, und aufrichtig das Beste für sie wollen. Sie sorgen sich um sie und sind gute Eltern. Aber so sieht Jeanette das nicht. Sie hat das Gefühl, dass sie ihr nicht vertrauen, und deshalb ist sie mehr oder weniger entschlossen, alles zu tun, was sie ihr verboten haben.

In dieser Situation haben wir Eltern und einen Teenager, die verschiedene Wege gehen, wobei alle denken, sie hätten Recht, aber beide Seiten sich überhaupt nicht bewusst sind, was die andere empfindet. Früher oder später wird es wahrscheinlich zu einem regelrechten Krieg kommen und sowohl Jeanette als auch ihre Eltern werden leiden.

Meine Eltern reden mit mir immer über alles. Vielleicht wussten sie einfach, wie es ist, ein junges Mädchen zu sein, weil ich ältere Schwestern habe, und als ich meinen ersten richtigen Freund hatte, wussten sie schon vor mir, dass Sex langsam für mich interessant werden würde. Ich erinnere mich, dass ich 17 war und meine Mutter sich mit mir zusammensetzte und sagte, sie und mein Vater seien ein wenig besorgt und hätten das Gefühl, es sei

Zeit, dass ich die Pille nähme. Ich weiß, dass mir der Schreck anzusehen war, aber sie redete einfach weiter, dass es mein Leben sei und ich meine eigenen Fehler machen könne, aber sie dennoch zumindest sicher gehen wollten, dass ich nicht schwanger würde.

Am nächsten Tag ging meine Mutter mit mir die Pille besorgen und natürlich schlief ich schon bald mit meinem Freund. Wenn ich so zurückblicke, bin ich deshalb ein wenig traurig. Irgendwie habe ich nicht selbst entschieden, mit ihm zu schlafen, eigentlich wurde ich fast von meinen Eltern dazu gedrängt. Obwohl alles ganz gut ging, bin ich im Nachhinein trotzdem irgendwie ein wenig sauer.

Alice, 21

Alices Eltern waren weit liberaler als Jeanettes Eltern und es war super, dass sie mit ihr immer über alles sprachen. Sie wussten auch ausreichend Bescheid über die Realität der Teenager, um zu erkennen, wann ihre Beziehung in Richtung Sex ging. Sie gaben ihr die Freiheit, Fehler zu machen, bewahrten sie jedoch vor unerwünschter Schwangerschaft. Das ist ziemlich eindrucksvoll – und dennoch hat Alice das Gefühl, etwas zu bedauern, als wäre ihr etwas weggenommen worden.

Wer hat die Macht?

In vielen Beziehungen geht es um Macht. Die Beziehung zwischen Eltern und Teenager bildet da keine Ausnahme. Eltern haben auf Grund ihres Alters und ihrer Position in der Familie die Macht (und normalerweise auch das Geld). Sie gehen davon aus und wollen deshalb auch darüber entscheiden können, wie sie sie einsetzen. Doch Teenager sind junge Erwachsene und wollen ihre eigene Machtposition entwickeln. Dies löst unweigerlich Beziehungskonflikte aus (mehr darüber später).

Wenn wir uns die Beispiele von gerade eben ansehen, so haben Jeanettes Eltern die Macht und erwarten auch, sie zu behalten. Sie wollen ihre Tochter absolut unter Kontrolle halten. Sie tun dies zu ihrem Besten, aber sie lassen sie keine einzige Entscheidung selbst treffen. Würdest du dagegen Alices Eltern fragen, wer ihrer Meinung nach über ihr Leben bestimme, würden sie wahrscheinlich sagen, Alice selbst. Sie haben ihr die Verantwortung übertragen und erlaubt, Fehler zu machen und ihr Leben so zu leben, wie sie es wollte. Aber für Alice hat es sich nicht so dargestellt. Zugegeben, sie ist um einiges besser dran als Jeanette, aber als es zu einem Kernpunkt ihres Lebens kam, traten ihre Eltern in Aktion und benutzten ihre Macht ebenfalls, um die Kontrolle über die Situation zu übernehmen. So wurde ihr letztlich nicht gestattet zu entscheiden, wann sie Sex haben wollte. Sie hatte das Gefühl, dass es ihr aufgedrängt wurde.

Ein weiteres Problem beim Satz »Du kannst deine eigenen Fehler machen« ist, dass ihn viele junge Menschen als ziemlich lieblos empfinden.

Meine Mutter tut die Hälfte der Zeit so, als existiere ich gar nicht. Ich sage etwas zu ihr, aber sie geht einfach in ein anderes Zimmer und spricht mit meinen jüngeren Geschwistern. Wenn ich sie frage, ob sie mich lieb hat, sagt sie: »Tja, was glaubst du denn?« Ich glaube nicht, dass sie mich liebt. Ich möchte, dass sie sich um mich kümmert und mir ein wenig von der Aufmerksamkeit schenkt, die meine Schwestern bekommen. Außerdem gibt es viele

Dinge, die ich sie gerne fragen würde, aber es geht einfach nicht. Ich fühle mich furchtbar einsam.

Danielle, 14

Möglich, dass Danielles Mutter sich tatsächlich nichts aus ihr macht und in ihrer Elternrolle kläglich versagt, aber vielleicht ist sie einfach nur unsicher gegenüber diesem (wahrscheinlich launischen) Teenager, zu dem ihr ältestes Kind sich entwickelt hat, und versucht ihr genug Raum zu lassen. Einmal mehr eine Mutter, die vielleicht denkt, sie tue das Beste, aber die Tochter empfindet es als lieblos.

Der Kompromiss

Ich habe keine Tochter, aber ich wollte immer sichergehen, dass mein Sohn so aufwächst, dass er die Dinge vom Standpunkt beider Geschlechter sehen kann. Ich hatte noch nicht vergessen, wie schrecklich es sein kann, ein Teenager zu sein, und war mir bewusst, dass er oft von außen unter Druck geraten würde, Dinge zu tun, die ich nicht guthieß. Weil er einen ziemlich starken Willen hat, ging ich davon aus, dass es keinen Sinn hatte, ihm etwas zu verbieten. Also versuchte ich von früh an mit ihm über die Versuchungen zu reden, denen er begegnen würde, und was die daraus rührenden Gefahren sein könnten. Ich weiß, das hört sich nach Vorträgen an, aber ich stellte es etwas geschickter an. Immer wenn wir zusammen fernsahen, auch bei einer Soap zum Beispiel, und etwas über Sex mit Minderjährigen oder Drogen oder Ähnliches das Thema war, versuchte ich mit ihm darüber zu reden.

Das arme Kind, wahrscheinlich hielt er mich manchmal für

ziemlich verrückt, weil ich mich ständig über dieses Zeug ausließ. Aber glücklicherweise war er immer recht gesprächig und ich denke, ich habe genauso viel über seine Ansichten erfahren wie er hoffentlich über meine. Als er älter wurde, redete er immer noch mit mir, wenn auch nicht über die Dinge, die ihn ganz persönlich betrafen, aber er fragte mich oft um Rat hinsichtlich der Probleme von Freunden. Es ist interessant, dass er ein- oder zweimal Kommentare über Dinge abgab, von denen ich sicher war, dass sie auf etwas beruhten, was wir Jahre vorher besprochen hatten.

Wir haben natürlich auch Streit – wie alle Familien –, aber ich denke (oder hoffe), dass wir uns nahe genug stehen, dass er immer zu mir kommen und mich fragen würde, wenn es ein echtes Problem gäbe. Oder dass er jemand anders fände, dem er vertrauen könnte, wenn er das Gefühl hätte, mit mir nicht darüber reden zu können.

Dans Mutter

Meine Mutter hat ständig über Rauchen, Drogen, Sex und alles Mögliche geredet. Es war ziemlich deutlich, wovor sie mich bewahren wollte, aber ich muss zugeben, dass sie niemals richtig sagte: »Tu das oder jenes nicht.« Ich dachte immer, sie übertreibe, aber als ich so 15 war und bei manchen meiner Freunde die Probleme anfingen, wurde mir klar, dass sie mit niemandem darüber reden konnten. Bestimmt hatten sich ihre Eltern niemals richtig mit ihnen unterhalten. Viele von ihnen landeten in unserer Küche und redeten mit meiner Mutter.

Ich erzähle ihr nicht alles und, um fair zu sein, sie versucht auch, nicht allzu viele Fragen zu stellen. Aber ich weiß, dass ich zu ihr gehen könnte, wenn ich ein mal in schlimmen Schwierigkeiten wäre. Sie würde mich wahrscheinlich erst mal anschreien, aber ich bin mir ziemlich sicher, dass sie mir helfen würde.

Dan, 16

Dieser Mittelweg der kompromissbereiten Annäherung ist nicht leicht. Es ist, als bewege man sich auf einem schmalen Grat zwischen zu starker Einmischung und zu viel Freiheit, aber es kann funktionieren. Auf jeden Fall ist es das, worauf Eltern meiner Meinung nach hinarbeiten sollten. Aber realistisch gesehen, sind es normalerweise nicht die Erwachsenen, die etwas verändern wollen. Wenn du Probleme mit deinen Eltern hast, musst wahrscheinlich du den Weg zu einer besseren Beziehung aufzeigen.

Der Machtwechsel

Ein Kleinkind hat in der Familie sehr wenig Macht. Okay, es kann weinen, schreien und Wutanfälle haben, aber in einer gesunden, funktionierenden Familie werden die Eltern immer noch die Kontrolle behalten. Ich sage »gesunde, funktionierende Familie«, weil es Fälle gibt, in denen Eltern vor den Wutanfällen ihrer Kinder solche Angst haben, dass sie ihnen immer wieder nachgeben. Das kann sich katastrophal auswirken, denn ein Kind muss wissen, dass es Grenzen gibt. In der Vorstellung kleiner Kinder müssen Eltern stark und unbesiegbar sein. Wie sollen sie es sonst vor all dem Bösen draußen beschützen? Ein kleines Kind, das herausfindet, dass seine Eltern ihm ständig nachgeben, kann ängstlich und unsicher werden.

Aber wenn dieses Kind zu einem Teenager heranwächst, wird er oder sie mehr Macht fordern. Während der Teenagerjahre geht es darum, die eigene Identität zu entwickeln und sich langsam von der Familie zu lösen. In manchen Familien geht das so leicht und selbstverständlich vor sich, dass niemand es richtig bemerkt. In anderen ist es ungefähr fünf Jahre lang die reine Hölle. Und manche Leute schaffen es nicht, bis sie zwanzig, dreißig oder darüber sind.

Es ist nur natürlich für einen Teenager, sich zu lösen und mehr Entscheidungen über sein Leben selbst zu treffen. Doch dies hat Auswirkungen auf den Rest der Familie. So kann die Erkenntnis, dass das Kind sich in eine erwachsene Person verwandelt, bedeuten, dass Eltern sich selbst alt vorkommen. Dies kann sie traurig stimmen. Die Mutter ist vielleicht unglücklich, weil sie das Gefühl hat, sie habe ihr kleines Mädchen verloren, aber sie trauert auch um den Verlust ihrer eigenen Jugend.

Noch dramatischer wird es, wenn die Kinder das Haus zu verlassen beginnen und sich die Eltern wieder zurück in ein »kinderloses« Paar verwandeln. In vielen Familien ist dies Sprengstoff Nummer eins, denn sowohl Mutter wie Vater müssen erst wieder lernen, mit diesen Rollen zurechtzukommen und eine Möglichkeit zu finden, ohne die Kinder zusammen zu sein. Kein Wunder, dass es während dieser Zeit oft zur Scheidung kommt. Während du mit dem Erwachsenwerden klarzukommen versuchst, müssen deine Eltern sich der Frage stellen, wer sie sind und was für sie – gemeinsam und einzeln – noch drin ist.

Mit übertriebenem Beschützerinstinkt klarkommen

Eltern haben das natürliche Bedürfnis, ihre Kinder zu beschützen. Sie sind sich der Gefahren von außen sehr bewusst und sie sehen in den Nachrichten oft genug Horrorgeschichten, die auch ihrem geliebten Kind widerfahren könnten.

Wenn du akzeptierst, dass deine Eltern ehrlich glauben, deine besten Interessen zu vertreten, hilft dir das vielleicht, aber du musst trotzdem eine Strategie entwickeln, um mit ihrem übertriebenen Beschützerinstinkt klarzukommen. Deine Eltern sind daran gewöhnt, sich als die verantwortlichen Erwachsenen zu verhalten und dich als Kind zu betrachten. Es wird sie hart ankommen, diese Rolle abzulegen, sodass du den Anfang machen musst. Mit anderen Worten: Wenn du als Erwachsene behandelt werden willst, musst du dich ihnen auch als solche beweisen.

Nimm zum Beispiel mal dieses Problem:

Meine Eltern machen mich fast verrückt, weil sie mich so überbeschützen. Ich bin 14 und sie behandeln mich wie eine Vierjährige. Wenn ich mit meinen Freundinnen irgendwo hingehen will, kriege ich tausend Fragen gestellt, wohin wir gehen, und soll um halb neun wieder zu Hause sein. Ich habe einen jüngeren Bruder und er darf manchmal länger weg als ich. Bitte sag mir jetzt nicht, dass sie sich Sorgen machen und ich ihnen eben wichtig bin. Ich weiß das, aber ich finde, sie übertreiben. Es macht mich echt fertig. Die anderen ziehen mich manchmal schon damit auf, dass ich nicht wegdarf, und langsam kommt mir das Leben überhaupt nicht mehr lebenswert vor.

Bella

Wie könnte Bella ihre Eltern dazu bekommen, etwas gelassener zu werden? Was macht sie im Augenblick falsch?

Bella hat ein Problem und am Anfang erklärt sie es auch ganz vernünftig. Aber dann beginnt sie fast durchzudrehen und deutet an, dass sie sich – wenn ihre Eltern ihr nicht die Freiheit geben, die sie sucht – genauso gut umbringen könnte. Sicher, sie fühlt sich wahrscheinlich auch so, wenn sie ganz besonders deprimiert ist, aber diese Art Drohung löst unweigerlich die Vorstellung von Unreife aus. Statt zu sagen: »Es gibt ein Problem und ich muss eine Lösung finden«, sagt sie mehr oder weniger: »Wenn ich nicht bekomme, was ich will, bringe ich mich um.«

Ich vermute, dass sie beim Versuch, die Angelegenheit mit ihren Eltern zu besprechen, ausflippt und alle Arten von Forderungen stellt. Wenn ihre Eltern sie anschauen, sehen sie ein wütendes Kind. Also denken sie, dass sie unbedingt gut auf sie aufpassen müssen. Und sind das nächste Mal, wenn sie etwas will, noch strenger.

Bella muss aus diesem Teufelskreis ausbrechen und das bedeutet, sie muss mit ihren Eltern wie eine Erwachsene reden. Es mag für ihre Eltern vielleicht ein Schock sein, aber es könnte helfen.

Strategien, um mit Eltern zu verhandeln

Schritt 1: Überleg dir, was du wirklich willst – und was du akzeptieren könntest

Sagen wir mal, es geht darum, wie lange du wegbleiben darfst. Im Augenblick bestehen deine Eltern darauf, dass du um zehn zu Hause sein musst. Es bringt nichts zu fordern, dass sie dir keine Sperrzeit setzen, oder zu verlangen, »dass sie dich wie alle andern behandeln«, ohne genauer zu erklären, was das bedeutet. Vielleicht ist dein eigentliches Ziel, die Erlaubnis zu bekommen, bis Mitternacht wegzubleiben (oder bis ein Uhr, wenn es eine besondere Party ist), aber worauf würdest du dich allenfalls einlassen? Halb elf an ein oder zwei Abenden unter der Woche und halb zwölf bei besonderen Gelegenheiten oder am Wochenende wäre schon eine ziemliche Verbesserung gegenüber dem jetzigen Zustand. Okay, es ist nicht ideal, aber wir reden ja im Augenblick auch über Kompromisse.

Schritt 2: Trage Fakten über den Streitpunkt zusammen

Ich bin sicher, du weißt, wie Streitigkeiten bei dir zu Hause ablaufen. Du willst länger wegbleiben und sie lassen dich nicht. Du fragst, warum sie nicht wie andere Eltern und ein wenig cooler sein können, und sie erklären, dass sie eben keine anderen Eltern sind und auch nicht vorhaben, sich so zu benehmen. Also: Sackgasse! Was du tun musst, ist, herauszufinden, wie genau die Regeln bei deinen Freundinnen aussehen – vorzugsweise bei solchen, deren Eltern auch deine Eltern kennen. Sag nicht einfach: »Also, die andern dürfen alle so lange wegbleiben, wie sie wollen«, denn ich bin sicher, so einfach liegen die Dinge nicht. Nimm dir einen Zettel und frag alle nacheinander. Dann schreib es auf, sodass du eine Liste hast. Du wirst wahrscheinlich entdecken, dass es jede Familie anders handhabt, und während manche Eltern damit lockerer umgehen als deine, gelten für einige deiner Freundinnen wieder ganz andere Regeln, wie zum Beispiel nur einmal pro Woche weggehen zu dürfen.

Schritt 3: Verhandlungsbeginn – meide Zeit und Ort eurer üblichen Streitigkeiten

Wenn in deiner Familie Diskussionen über den Streitpunkt normalerweise in der Küche stattfinden und ihr euch dann dort irgendwann anschreit, musst du die Küche meiden. Wenn es während der Mahlzeiten passiert (sehr häufig) und in der Regel dann damit endet, dass einer von euch hinausstürmt, musst du genau das vermeiden. Ein guter Tipp ist, zu Mutter oder Vater zu sagen: »Ich würde mich gern mal mit dir zusammensetzen und darüber reden, wie lange ich abends wegbleiben darf. Wann würde es dir denn passen?«

Achte darauf, dass du höflich, aber fest bist. Du stellst keine Forderungen – du bittest sie darum, eine Verabredung zwischen gleichwertigen Partnern zu treffen. Vielen Eltern bleibt dann buchstäblich die Spucke weg, besonders wenn sie daran gewöhnt sind, normalerweise eine lautstarke Forderung vorgesetzt zu bekommen. Sie sagen vielleicht, es würde ihnen jetzt sofort passen, aber wenn du weißt, dass das Essen gleich anbrennt oder deine kleine Schwester jeden Augenblick von der Schule nach Hause kommt, solltest du lieber sagen, dass du der Meinung bist, es würde mindestens eine halbe Stunde dauern und ob ihr euch nicht auf einen Zeitpunkt irgendwann in den nächsten Tagen einigen könntet, wenn weniger wahrscheinlich mit einer Störung zu rechnen ist.

Wenn du zudem weißt, dass die Stimmung bei dieser Art Diskussion rasch gereizt wird, könntest du vorschlagen, dazu in ein Café zu gehen. Lade sie ein, sie werden wahrscheinlich so verblüfft sein, dass sie auf der Stelle einverstanden sind. Oder bitte sie mit dir spazieren zu gehen. Entscheidend ist, den Ort vom üblichen Kampfplatz weg zu verlegen.

Schritt 4: Leg deinen Fall dar

Das ist der schwierigste Teil. Du darfst dich nicht aus der Ruhe bringen und dein Temperament nicht mit dir durchgehen lassen. Vergiss nicht, dies ist ein Treffen, um etwas auszuhandeln, nicht, um Forderungen zu stellen. Wenn du richtig anfängst, werden Vater oder Mutter sich wahrscheinlich ebenso verhalten. Also bleib cool und schildere erst mal die Situation. Dabei kannst du zum Beispiel festhalten, welche Regeln im Augenblick hinsichtlich deines Nachhausekommens gelten, dass du aber unglücklich darüber bist und es deshalb oft Streit gibt. Du kannst fragen, ob sie bereit wären, mit dir einen Kompromiss auszuhandeln, damit die Streitereien aufhören und alle zufriedener sind. Es ist zu hoffen, dass sie dir zustimmen, was die Ausgangssituation betrifft, denn dann kannst du weitermachen.

Sag ihnen, dass du weißt, dass ihnen deine besten Interessen am Herzen liegen und – wenn du kannst – wie gut eure Beziehung in anderer Hinsicht ist (ein wenig Schmeichelei kann nicht schaden, besonders wenn sie zutrifft). Gib zu, dass du früher vielleicht Forderungen gestellt hast, die deine Eltern zu Recht für unvernünftig hielten, aber du kannst auch erwähnen, dass du die gegenwärtigen Regeln deinerseits als nicht annehmbar empfindest. Zeig ihnen dann das Ergebnis deiner Nachforschungen und erläutere die Regelungen deiner Freunde. Aber sei EHRLICH! Verändere nichts zu deinen Gunsten, denn sie könnten schließlich bei den Betreffenden nachfragen.

Schritt 5: Biete etwas im Gegenzug an

Hier geht es um das Prinzip »Geben, um zu bekommen«. Mit anderen Worten, du willst etwas – und um es zu bekommen, bist du bereit, bei etwas anderem nachzugeben. Also machst du ein Angebot. Du sagst, wie lange du am liebsten wegbleiben möchtest, schlägst aber vor, dass dies nur bei besonderen Gelegenheiten – oder einmal pro Woche – der Fall wäre oder dass du sie immer anrufen würdest, bevor du nach Hause gehst, damit sie sich keine Sorgen zu machen brauchen. Du könntest auch versprechen mit bestimmten Leuten zusammenzubleiben oder bestimmte Orte zu meiden, die deine Eltern nicht mögen. Der Punkt ist, dass du irgendetwas anbieten musst.

Schritt 6: Räume ihre Einwände aus

Vielleicht hast du Glück und sie sagen sofort Ja, aber wahrscheinlicher wird die Antwort in die Richtung gehen: »Du bist zu jung«, »Nicht vor den Prüfungen« oder sogar: »Mach dich doch nicht lächerlich.« Versuche nicht zu vergessen, dass dabei der Elternteil in ihnen spricht, der die Kontrolle nicht verlieren will. Wenn sie sich so verhalten, drängen sie dich praktisch zurück in die Rolle des Kindes, das unvernünftige Forderungen stellt. GEH NICHT DARAUF EIN!

Wenn sie sagen, du seist zu jung, gib einfach nur zur Antwort: »Tja, wann bin ich denn alt genug?« Wenn sie sagen,

Mit Eltern verhandeln

1. Überleg dir, was du wirklich willst – und was du akzeptieren könntest.

Sei realistisch hinsichtlich des Kompromisses. Verlang nichts Unmögliches!

2. Trage Fakten über den Streitpunkt zusammen.

Erkundige dich, wie es in anderen Familien läuft, und mach eine Liste. Langweilig, aber sehr nützlich!

3. Verhandlungsbeginn – meide Zeit und Ort eurer üblichen Streitigkeiten.

Vereinbare einen »Termin« mit deinen Eltern, um die Situation zu besprechen. Such dir einen ruhigen Ort in der Öffentlichkeit aus, wo ein Streit weniger wahrscheinlich ist.

4. Leg deinen Fall dar.

Weise darauf hin, dass du versuchst Streit in der Familie zu vermeiden, indem du beidseitig akzeptierbare Regeln willst. Zeig ihnen deine Liste. BLEIB RUHIG!

5. Biete etwas im Gegenzug an.

Das Prinzip »Geben, um zu bekommen«. Es lohnt sich, bei bestimmten Dingen nachzugeben, um dein Hauptziel zu erreichen.

6. Räume ihre Einwände aus.

Wenn sie sagen, du seist zu jung, dann frag sie, wann du alt genug sein wirst. BLEIB RUHIG!

7. Komm zu einer Vereinbarung.

Vergiss nicht, laut zu wiederholen, worin der Kompromiss besteht. So vermeidest du Missverständnisse.

dein Benehmen sei lächerlich, bleib ruhig und weise sie darauf hin, dass das nicht zutrifft, sondern dass du versuchst eine vernünftige Unterhaltung zu führen. Wenn sie sich weigern, musst du es zwar akzeptieren, aber du kannst wenigstens sagen: »Okay, womit wärt ihr denn einverstanden?« Entscheidend ist, die Möglichkeit zum Verhandeln offen zu halten.

Schritt 7: Komm zu einer Vereinbarung
Wenn du diese Schritte befolgst, wirst du hoffentlich zu einer Einigung kommen. Es mag nicht das sein, was du wolltest, aber mit etwas Glück kommt es dem zumindest nahe. Sobald diese Vereinbarung erreicht ist, wiederholst du sie noch einmal ganz einfach und deutlich, damit es keine Missverständnisse gibt – weder auf deiner noch auf ihrer Seite.

Und zum Schluss: Vergiss nicht, dich bei ihnen zu bedanken – und den Kaffee zu bezahlen!

Wenn Verhandlungen schief gehen

Ich kann nicht oft genug unterstreichen, wie wichtig richtiges Verhandeln ist. Es fällt dir anfangs sicher nicht leicht, aber wenn du es schaffst, funktioniert es dein ganzes Leben lang, nicht nur bei den Eltern, sondern auch bei Partnern, Vorgesetzten, Freunden – einfach bei allen. Leider gelingt es nicht allen Menschen oder sie wissen einfach nicht, wie es geht. Manchmal hören Eltern auch nicht zu und sind nicht bereit, Sohn oder Tochter aus der Kindesrolle zu entlassen.

Dies kann furchtbar frustrierend sein und frustrierte Menschen lassen sich leicht zu etwas Unvernünftigem hinreißen.

Nicoles Geschichte

Ich hatte früher ständig Streit mit meinen Eltern, weil ich fand, sie seien dauernd gegen mich, und ich hielt sie für total altmodisch. Einmal war mein Vater nach einem Streit so wütend, dass er mich richtig gemein anbrüllte und auf mein Zimmer schickte. Ich war total sauer und wollte es meinen Eltern heimzahlen. Als ich an meinem Schreibtisch saß, wo ich gerade ein wenig gearbeitet hatte, fiel mein Blick auf eine Tube mit Klebstoff, auf der stand »Gesundheitsschädigend, nicht einatmen«. Ich wusste, dass es falsch war, aber ich war richtig zufrieden bei dem Gedanken, etwas zu tun, worüber sich meine Eltern ärgern würden. Also schnüffelte ich Klebstoff. Ich hatte zwar einen Moment lang ein schlechtes Gewissen, aber ich sagte mir, es sei schließlich nicht meine Schuld, sondern sie hätten mich dazu gebracht.

Von da an ging ich immer, wenn ich wütend oder enttäuscht oder traurig war, in mein Zimmer und tröstete mich mit Kleber. Es kam mir gar nicht so schlimm und gefährlich vor.

Einmal war ich so wütend auf meinen Vater, dass nicht einmal das Schnüffeln mir half, also schrieb ich sämtliche Flüche und Beleidigungen, die mir einfielen, auf ein Stück Papier. Weshalb sollte ich nicht fluchen und schimpfen, wenn er es doch auch tat? Ich behielt dieses Stück Papier und ergänzte die Liste, wenn mir noch etwas einfiel.

Eines Tages fand es meine Mutter. Sie war tagelang ziemlich sauer und redete kein Wort mit mir. Schließlich tat es mir Leid und ich entschuldigte mich. Da begann sie zu weinen und sagte: »Aber verstehst du denn nicht? Du denkst, ich hacke bloß die ganze Zeit auf dir rum, aber ich tu es doch nur, weil ich dich liebe.« Ich begann auch zu weinen und wir redeten stundenlang miteinander. Sie verzieh mir alles und ich weiß jetzt, wie dumm ich war. Ich würde so was nie wieder tun. Es läuft zu Hause nicht immer bestens, aber inzwischen fällt es mir viel leichter, mit meiner Mutter zu reden, also schaffen wir es auch meistens, mit den Problemen klarzukommen, die auftauchen.

Nicole, 13

Sandras Geschichte

Mit 17 hatte ich eine Beziehung, mit der meine Eltern überhaupt nicht einverstanden waren. Gary war zwölf Jahre älter und gerade aus dem Gefängnis entlassen worden. Meine Familie versuchte uns auseinander zu bringen, aber ich lehnte mich dagegen auf und zog zu ihm. Meine Mutter sprach fast eineinhalb Jahre nicht mehr mit mir, bis ich den ersten Schritt machte, und dann sahen wir uns auch nur einmal im Monat. Aber mein Leben war nie so schön, wie ich es ihr vormachte.

Ich hatte bald schon den echten Gary erlebt: gewalttätig, betrunken und oft genug auf der Polizeiwache. Ich hatte dauernd Angst, denn ich wusste, dass es Zoff gab, sobald er nach Hause kam. Er schlug mich und tat noch Schlimmeres. Trotzdem konnte ich nicht nach Hause und vor meiner Mutter zugeben, dass ich den schlimmsten Fehler meines Lebens gemacht hatte. Sie hatte mich immer vor ihm gewarnt und prophezeit, dass ich irgendwann wieder nach Hause gekrochen käme, also konnte ich einfach nicht zurück und ihr damit Recht geben. Ich wollte ihr unbedingt das Gegenteil beweisen, auch wenn ich noch so Angst hatte.

Schließlich nahm ich eine Überdosis, wurde aber gefunden und ins Krankenhaus gebracht. Selbst nachdem man mir den Magen ausgepumpt hatte, war es nicht sicher, ob ich überlebte, aber ich schaffte es. Schließlich konnte ich dem Arzt erzählen, was gesche-

hen war, und er schickte mir eine Sozialarbeiterin, bei der ich mich aussprechen konnte. Sie sorgte auch dafür, dass Gary mich nicht mehr belästigte. Es war nicht leicht und ich musste oft genug die Polizei rufen, aber ich schaffte es, von ihm wegzukommen. Etwa ein Jahr später heiratete er eine Sechzehnjährige, die bestimmt die gleichen Probleme hat wie ich damals.

Was mich betrifft, ich wohne inzwischen in einer neuen Wohnung mit einem super Freund und einer süßen, kleinen Tochter. Meine Mutter weiß immer noch nichts von der Überdosis und wie genau mein Leben mit Gary verlief. Aber ich denke, wenn sie meine Entscheidung nicht so heftig abgelehnt hätte, wäre ich nie in diesen Schlamassel geraten. Ich musste aus bitterer Erfahrung lernen und ich schwöre, wenn meine Tochter groß ist, werde ich mich nicht so einmischen wie meine Mutter. Allen in einer ähnlichen Situation, wie meine war, möchte ich raten, darüber zu reden und auf keinen Fall einen Selbstmordversuch zu unternehmen. Ich habe eine zweite Chance bekommen, aber nicht jede hat so viel Glück.

Sandra, 23

Julies Geschichte

Mein Vater ist Pfarrer an unserer Kirche und meine Mutter Sonntagsschullehrerin, also waren sie natürlich völlig aus dem Häuschen, als ich nicht mehr in die Kirche ging. Sie warteten einen Monat ab, da sie dachten, es sei eine Phase, aber ich merkte bald, dass die Kirche mir nichts mehr bedeutete und ich nur hingegangen war, um ihnen den Gefallen zu tun. Tja, dann sagte mein Vater, ich dürfte nicht mehr weggehen, solange ich nicht in die Kirche ginge, also ging ich einige Nächte nicht nach Hause. Als ich wiederkam, waren sie viel netter zu mir. Bis wieder Sonntag war. Da ging es von vorne los. Ich bekam Zimmerarrest, also haute ich wieder ab, diesmal für eine ganze Woche.

Die ersten Nächte waren nicht so schlimm, da schlief ich bei verschiedenen Freundinnen und dann in der Busstation, wo es zwar kalt, aber trocken war. Als ich wieder nach Hause kam, waren sie toll, aber es dauerte nur bis zum nächsten Sonntag, also haute ich wieder ab. Einer aus meiner Arbeit riet mir, nach Hause zu gehen und vernünftig mit ihnen zu reden. Tief im Inneren wusste ich, dass er Recht hatte, aber ich sagte bloß, er solle sich um seinen eigenen Kram kümmern. Wieder war ich auf der Straße. Ich fand einige Freunde, aber es wurde langsam schwierig, nur mit dem Lehrlingsgehalt auszukommen.

Eines Nachts, etwa um Mitternacht, machte ich es mir in der Busstation bequem, da tauchte ein Junge auf. Er sah aus wie um die zwanzig und fragte mich, warum ich nachts hier sei, also erzählte ich ihm alles. Darauf sagte er, ich hätte Glück, dass ich überhaupt nach Hause könnte, er könnte das nicht, weil seine Mutter tot sei und sein Vater ihn geschlagen und missbraucht habe. Als ich ihn fragte, wie alt er sei, sagte er 17. Mir wurde plötzlich klar, wie viel Glück ich im Grunde hatte, und ich nahm sofort ein Taxi nach Hause. Ich redete mit meinen Eltern und wir einigten uns darauf, dass ich nicht zum Gottesdienst müsse, sondern nur in der Sonntagsschule helfe. Ich verdanke diesem Jungen viel und wünschte nur, ich hätte ihm helfen können.

Julie, 17

Nicole schnüffelte Kleber, um es ihren Eltern heimzuzahlen, Sandra ließ sich lieber auf eine gewalttätige Beziehung ein, als ihre Mutter sagen zu hören: »Ich hab's dir ja gesagt«, und Julie lief weg, um ihrem strengen Elternhaus zu entkommen.

Alle drei waren verzweifelt und trafen Entscheidungen, die sie später bereuten. Irgendwann regelten sie die Sache dann auf unterschiedliche Weise. Es ist interessant, dass Julie es schließlich schaffte, nach Hause zu gehen und mit ihren Eltern zu verhandeln. Wäre sie dazu schon anfangs in der Lage gewesen, hätte sie sich und ihnen viel Kummer erspart. Wie Nicole taten die beiden anderen Dinge, um ihren Eltern »eins auszuwischen«. Es war ihnen egal, ob sie sich selbst schadeten, solange sie es ihren Eltern heimzahlen konnten. Dies ist eine natürliche, menschliche Reaktion, aber sie ist auch ziemlich kindisch. Erinnerst du dich, was ich weiter vorne darüber sagte, dass man aus der Rolle des Kindes schlüpfen und sich als erwachsen beweisen müsse? Tja, diese drei haben das nicht getan. Ihr Verhalten wurde nicht von vernünftiger Überlegung oder dem Bemühen um Verständigung bestimmt, sondern lediglich vom Drang, andere zu verletzen.

Zum Glück überlebten alle und Nicole und Julie entwickelten – wenn auch keine perfekte – eine bessere Beziehung zu ihren Eltern. Sandra ist jetzt zwar glücklich, aber ich vermute, sie hat immer noch eine sehr distanzierte Beziehung zu ihrer Mutter und vermisst sie insgeheim sehr. Denn wenn du nicht möchtest, dass deine Mutter nett zu dir ist, wärst du ja wohl auch nicht so wütend, wenn sie es nicht ist, oder? Ich hoffe, Sandra kann eines Tages mit ihrer Mutter Frieden schließen und vielleicht auch einige ihrer eigenen Fehler eingestehen. Es würde die Luft reinigen und sie könnten eine reifere und gleichwertige Beziehung eingehen.

Was jedoch alle drei Jugendlichen gleich am Anfang hätten tun können, als die Probleme begannen: sich bei jemandem außerhalb der Familie Rat holen. Wer das Gefühl hat, nicht mit den Eltern reden zu können, sollte sich eine andere erwachsene Person suchen, der sie oder er sich anvertrauen kann. So unmöglich dies auf den ersten Blick erscheint, besonders wenn du überzeugt bist, dass die ganze Welt gegen dich ist – ob du nun mit der Mutter einer Freundin oder einem Verwandten oder selbst mit der besten Freundin deiner Mutter sprichst, du wirst fast immer irgendeinen Rat bekommen. Wenn du Angst hast, dass sie dich »verpetzen«, kannst du erst mal vorfühlen, indem du fragst, ob du im Vertrauen etwas mit ihnen besprechen kannst.

Du kannst auch eine Sozialarbeiterin in einem Jugendzentrum ansprechen oder bei einer der Telefonnummern anrufen, die am Schluss des Buches angegeben sind (siehe unter »Hilfe«).

Mit den Problemen der Eltern zurechtkommen

Manchmal ist es nicht nur so, dass du Probleme mit den Eltern hast, sondern diese auch mit sich selbst. Ein typischer Fall ist, dass es in ihrer Ehe kriselt oder sie sich bereits getrennt haben. Beide Elternteile können dann voller Wut und Selbstmitleid sein und das vielleicht auch an ihren Kindern auslassen. Im Haushalt anzupacken, besonders mit jüngeren Geschwistern, ist zwar körperlich anstrengend, doch wenn sie dir von ihren Problemen erzählen und von dir Unterstützung erhoffen, kannst du – was schlimmer ist – auch gefühlsmäßig überfordert werden.

Ich bin 13 und meine Eltern haben sich gerade scheiden lassen. Ich wohne bei meiner Mutter und ihrem Freund. Er ist das Problem, denn er glaubt anscheinend, er könne über mein Leben bestimmen. Er hat auch meine Mutter völlig unter Kontrolle, sodass sie mich überhaupt nicht mehr beachtet. Wenn er gemein zu mir ist, wehre ich mich, aber sie gibt immer ihm Recht. *Lorna*

Mein Problem ist mein Vater. Er war schon immer ziemlich mies gelaunt, aber jetzt hat er schon seit einem halben Jahr mit keinem von uns mehr gesprochen. Meine Mutter versucht es immer wieder, aber er antwortet ihr nicht und streitet nicht mal mit ihr. Sie hasst ihn und hat zu mir gesagt, dass sie weggehen würde, wenn sie wüsste, wohin. Nur unseretwegen verlässt sie ihn nicht. Manchmal wünschte ich, sie würde ihn verlassen, anstatt all ihre Probleme bei mir abzuladen, während ich eigentlich für meine Prüfungen lernen soll.

Mein Vater kann es nicht ertragen, im gleichen Raum zu sein wie wir. Er kauft Lebensmittel nur für sich ein und schreibt seinen Namen darauf und schimpft, dass meine Mutter nicht für ihn sorge. Wenn er überhaupt etwas sagt, beschimpft er mich und meine Mutter und ich kann niemanden nach Hause mitbringen, weil er alle beleidigt. Ich habe schon daran gedacht, beim Kinder- und Jugendtelefon anzurufen, aber ich habe Angst, dass sie den Anruf zurückverfolgen. Vielleicht würden sie mir ja auch gar nicht glauben.
Leigh, 16

Ich möchte mich am liebsten umbringen oder von zu Hause weglaufen, aber ich traue mich nicht. Das Problem ist mein Vater. Er ist Alkoholiker, und zwar schon seit ich zurückdenken kann. Ich kann mich noch erinnern, wie ich drei oder vier Jahre alt war und weinend auf dem Sofa saß, während meine Eltern stritten oder sich prügelten. Wenn er jetzt betrunken nach Hause kommt, kann ich nicht vor ihm oder meiner Mutter weinen, sondern nur noch heimlich in meinem Zimmer. Ich ertrage ihn nicht mehr, ob er betrunken ist oder nicht. Ich glaube, dass er mich hasst. Meine Mutter tut alles was sie kann für mich und meinen Bruder, aber ich habe immer solche Angst vor dem, was als Nächstes kommen könnte, und mache mir Sorgen, wenn sie allein mit ihm zu Hause ist. Ich möchte wirklich weg, aber ich habe Angst vor dem, was passieren könnte, wenn ich nicht da bin.

Helen, 16

Ich glaube, meine Familie dreht langsam durch. Meine Eltern kommen schon seit langem nicht mehr miteinander aus und vor einer Weile wurde mein Vater arbeitslos. Er fing an ständig in der Kneipe rumzuhängen und zu trinken. Meine Mutter hatte einen Teilzeitjob und bald war sie den ganzen Tag aus dem Haus. Dann hatte sie eine Affäre. Mein Vater fand es heraus und hätte sie fast umgebracht. Die Polizei kam, aber es hat sich nichts geändert. Es ist so traurig, wenn ich sie sehe. Ich habe versucht mit meinem Vater zu reden, und ihn gefragt, warum zum Teufel er sich das antut, denn ich bin sicher, wenn er sich zusammenreißen würde, würde alles wieder besser werden. Aber er hat mir nicht zugehört. Er sagt, ich sei vorlaut und solle mich aus seinem Leben raushalten. Ich wünschte, ich könnte von zu Hause weg.

Jonathan, 17

Diese Jugendlichen sind in der katastrophalen Situation ihrer Eltern gefangen. Sie lieben sie und deshalb tut es ihnen weh, sie so zu sehen, also versuchen sie, ihnen einen Teil der Last abzunehmen. Lorna ist wahrscheinlich die ehrlichste, denn sie sagt, sie vermisse die Zuwendung, die sie früher von ihrer Mutter bekam. Sie fühlt sich abgelehnt und wahrscheinlich stimmt das auch zum Teil. Ihre Mutter ist zurzeit mit ihrer neuen Liebesbeziehung beschäftigt, die ihr nach der Scheidung eine willkommene Erleichterung bringt.

Leigh weiß, dass das Verhalten ihres Vaters nicht normal ist. Und sie weiß auch, dass ihre Mutter die Sache noch erschwert, weil sie ihre Probleme bei ihr ablädt. Sie wünscht sich verzweifelt, dass jemand ihr hilft, und ich wünschte nur, sie könnte den Mut finden, beim Kinder- und Jugendtelefon anzurufen. Was ich Leigh natürlich geantwortet habe und hier allen anderen in einer solchen Lage sage: Der Anruf beim Kinder- und Jugendtelefon des Deutschen Kinderschutzbundes ist anonym und kostenlos und taucht nicht in der Telefonrechnung auf (weitere Informationen im Kapitel »Hilfe«).

Helen und Jonathan haben beide mit dem Problem zu kämpfen, dass ihre Väter Alkoholiker sind, und obwohl sie von zu Hause wegwollen, haben sie Angst davor, was passieren wird, wenn sie nicht dort sind, um aufzupassen. Sie befinden sich in einer unmöglichen Lage, denn sie gehen in dieser schwierigen Situation ihrer Eltern unter. Wenn sie sich lösen, haben sie ein schlechtes Gewissen, und wenn sie dort bleiben, könnte das ihr Leben zerstören.

All diese Situationen erfordern absolut notwendig Hilfe von außen! Grundsätzlich kann und darf von Kindern nicht erwartet werden, dass sie mit den Problemen ihrer Eltern fertig werden. Natürlich ist es in Wirklichkeit dennoch oft so und die Kinder bewältigen es auch, aber der Preis dafür ist enorm. Eltern merken meist gar nicht, welche Last sie ihren Kindern aufbürden. Wenn du dich also in einer ähnlichen Situation befindest, dann such dir unbedingt jemanden, um darüber zu reden! (Blättere hierzu nach hinten und schau im Kapitel »Hilfe« nach.)

Sobald du um Hilfe bittest, bist du nicht mehr nur Opfer. Oft erkennen Kinder eine schwierige Situation in der Familie besonders deutlich und holen Hilfe, womit sie den Weg für die anderen frei machen.

Würde Leigh zum Beispiel ihrer Mutter erklären, dass sie mit der Situation nicht mehr zurechtkommt und mit einer Beraterin sprechen möchte, müsste ihre Mutter der Tatsache ins Gesicht sehen, dass es höchste Zeit ist, etwas zu unternehmen. Leighs Beraterin könnte auch für ihre Mutter ein Gespräch arrangieren und schließlich könnte sich jemand um den ernsthaft angeschlagenen Geisteszustand ihres Vaters kümmern. Zwar kann niemand ihn dazu zwingen, sich behandeln zu lassen, aber der Rest der Familie könnte sich auch entschließen, nicht mehr mit ihm zusammenzuleben.

Manche Leute sind stolz darauf, alles alleine zu bewältigen. Aber um Hilfe zu bitten ist kein Zeichen von Schwäche! Manchmal ist es sogar besonders schwer. Man benötigt Mut und Stärke, doch es ist der erste Schritt in Richtung Ausweg – wo immer du auch feststeckst.

3

Liebe, Lust und Einsamkeit

Unterschiede und Schwierigkeiten

Was ist Liebe und was ist Lust? Kennst du den Unterschied? Ich komme hier manchmal durcheinander und aus den Briefen zu schließen, die ich erhalte, geht es nicht nur mir so. Wie nützlich wäre es doch, wenn wir Gefühle mit einem entsprechenden Etikett versehen könnten und so genau wüssten, womit wir es zu tun haben.

Nach meinem Lexikon bedeutet Liebe »große Zuneigung, auch in Verbindung mit körperlicher Anziehung«. Klingt vielleicht für dich zu geschraubt. Bei Lust hat das Lexikon schon eine einfachere Erklärung parat, nämlich »Verlangen nach Sex«.

Also könnte man im Großen und Ganzen wohl sagen, Lust heißt, jemanden zu begehren, und Liebe ist die feinere Seite dieser Gefühle. Ich würde sagen, Lust und Liebe überlappen sich zu einem großen Teil – und wenn du beides gleichzeitig hast, dann ist es einfach toll.

Liebe und Lust sind leicht zu verwechseln

Manchmal erhalte ich Briefe von Mädchen, die mir erzählen, sie seien total in einen Jungen verliebt, der nicht einmal weiß, dass sie existieren. Ist das nun Liebe oder ist es Lust? Und kannst du jemanden lieben, den du gar nicht richtig kennst?

Vielleicht kommt dir das alles ziemlich theoretisch vor. Also werfen wir doch mal einen Blick auf eine Erfahrungsgeschichte.

Beckys Geschichte

Ich fuhr mit meiner Freundin in Urlaub und an einem Abend trafen wir in einer Kneipe zwei ältere Jungs. Nachdem wir uns eine Weile unterhalten hatten, gingen wir mit zu ihnen und irgendwann spielten wir Strip Poker und knutschten. Ich wollte, dass der Typ, mit dem ich gegangen war, aufhörte, und als ich ihn darum bat, tat er das auch. Dann meinte er, wir könnten uns doch oben in seinem Zimmer unterhalten, damit sein Freund mit meiner Freundin zusammen sein könne. Als wir dort waren, fing er wieder an mich zu streicheln und zu küssen, sagte aber, er würde nicht weiter gehen. Ich mochte es nicht und wollte, dass er aufhörte, aber er sagte nur, ich solle mir keine Sorgen machen. Ich hatte zu viel Angst, um überhaupt etwas zu tun, und machte mir furchtbare Sorgen, ohne zu wissen, warum.

Er wurde immer intimer und obwohl ich ihn bat aufzuhören, sagte er nur wieder, ich solle mir keine Sorgen machen. Bevor ich noch richtig wusste, wie mir geschah, hatten wir richtig Sex zusammen. Ich hatte zu viel Angst, um zu schreien oder irgendwas, und ich bat ihn nur aufzuhören, aber dann hielt ich den Mund und machte mit, weil mir klar wurde, dass es ohnehin nichts half.

Ich war nicht betrunken und ich glaube, er auch nicht. Ich bin total durcheinander. Bin ich nun vergewaltigt worden oder war ich einfach nur dumm und zu willig? Meine Freundin sagte, ihr sei es genauso gegangen. Sie ist die Einzige, der ich es erzählt habe. Ich könnte es niemals jemand anders erzählen.

Becky

Was hier geschehen ist, hat eindeutig sehr wenig mit Liebe, sondern nur mit Leidenschaft und Lust zu tun. War es also einfach ein weiterer Fall, in dem ein älterer Junge ein jüngeres Mädchen ausnutzt? Tja, zweifelsohne ist genau das passiert, aber es spielte auch noch etwas anderes mit, was es ihm erleichterte, sie zu überreden, von einer vollen Kneipe weg in sein Zimmer zu wechseln, wo er mit ihr Sex haben konnte – und all das innerhalb weniger Stunden.

Der erste Faktor, den du in Betracht ziehen musst, sind die Hormone. Diese chemischen Dinger, die in deinem Körper herumrasen, bewirken, dass du dich in einem Moment phantastisch und im nächsten am Rande der Verzweiflung fühlst. Die Natur will, dass du Sex hast, und weil die Menschen in der Jugend am fruchtbarsten sind, drängt sie dich auch wie eine Meereswoge in die Arme des anderen Geschlechts.

Sex – und Lust – haben viel mit einem Zustand der Erregung zu tun. Du siehst dein Zielobjekt (in Beckys Fall der Typ in der Kneipe) und dein Verstand schickt eine Botschaft zu deinem Herzen: »Auf zur Tat!« Dein Puls geht schneller, du setzt dich aufrechter hin und diese eine Person ist dir plötzlich hundertmal mehr gegenwärtig. Du rückst näher und wenn eure Blicke sich begegnen und ihr euch unterhaltet, weißt du, ob er oder sie ebenfalls interessiert ist. Du fühlst dich aufgedreht, die ganze Welt strahlt mit einem Mal.

Klingt wunderbar? Ja – aber es gilt für die größte Liebe aller Zeiten ebenso wie für einen ganz normalen Anfall von Lust. Und der Haken ist, zu diesem Zeitpunkt kannst du es nicht bestimmen. Zur Liebe gehören Vertrauen, Verantwortung, dass man sich etwas aus dem anderen macht – all diese langweiligen Dinge, über die deine Eltern wahrscheinlich immer reden –, aber vor allem bedeutet es, die andere Person zu kennen.

Becky kannte diesen Jungen nicht, aber sie fühlte sich zu ihm hingezogen und sie genoss auch den Zustand der Anspannung und Aufregung, in den ihr Körper durch die Hormone versetzt wurde, also übertrug sie ihre eigenen romantischen Sehnsüchte auf ihn – und endete in einer Situation, die völlig außer Kontrolle geriet (mehr über Becky ein wenig später).

Verlieben sich Mädchen und Jungs auf die gleiche Weise?

Ein zynischer Spruch besagt, dass Männer Liebe geben, um Sex zu bekommen, während Frauen Sex anbieten, um Liebe zu bekommen. Vielleicht stimmt das für manche Menschen, aber die meisten von uns wollen eine Mischung aus beidem.

Deborah Tannen, Dozentin für Sprachwissenschaft, ist bekannt für ihre Untersuchungen über die Unterschiede, wie Männer und Frauen kommunizieren. Sie meint, dass wir die Welt auf verschiedene Weise betrachten. Ihrer Ansicht nach liegt der Grund für den häufigen Frust in Beziehungen zwischen Mann und Frau zum Teil darin, dass wir nicht verstehen, wie der Verstand des anderen Geschlechts arbeitet. Frauen, behauptet sie, werden vom Bedürfnis getrieben, Menschen näher zu kommen, und sind im Allgemeinen nicht gern allein oder abseits. Sie streben nach gefühlsmäßiger Bindung und der Teil »Liebe« ihrer Beziehung ist lebenswichtig.

Männer dagegen betrachten das Leben laut Deborah Tannen zunächst mal als eine Art Rangordnung. Sie sind – oder machen – sich immer bewusst, in welcher Beziehung andere zu ihnen stehen, und finden es sehr unangenehm, etwas zu tun oder zu sagen, was sie in eine ihrer Meinung nach schwächere Position bringt. Statt sich um Intimität und Nähe zu bemühen, kämpfen sie also darum, wenn möglich die Oberhand zu bekommen.

Ich kann dir zwei ganz einfache, typische Beispiele nennen. Das erste ist die Art und Weise, wie Männer und Frauen sich fühlen, wenn sie um Hilfe bitten müssen. Du bist auf dem Weg zu einer Party in einem dir unbekannten Haus. Du läufst oder fährst hin und suchst eine Weile erfolglos nach der richtigen Straße. Kaum eine Frau würde zögern, jemanden anzuhalten und nach dem Weg zu fragen. Männer dagegen irren oft lange weiter durch die Straßen und halten Ausschau, in der Hoffnung, doch noch die richtige zu finden. Sie denken, um Hilfe zu bitten sei ein Eingeständnis von Schwäche, und sie fühlen sich dabei verletzlich und unwohl.

Ein anderes Beispiel ist die Art und Weise, wie Jungen und Mädchen (oder Männer und Frauen) mit Gefühlen klarkommen. Mädchen reden darüber. Du siehst sie im Klassenzimmer oder in der Kneipe, wie sie über ihre Hoffnungen, Ängste und Probleme reden und lachen. Wenn etwas schief geht oder sie sich über ihre Beziehung Sorgen machen, vertrauen sie sich ihren Freundinnen an. Sie sprechen über ihre Gefühle. Jungen bringen es dagegen oft überhaupt nicht fertig, über ihre Gefühle zu reden. Es kommt ihnen irgendwie falsch und unangenehm vor. Ihre Gespräche drehen sich im Großen und Ganzen um konkrete Tatsachen. Okay, manche dieser »Tatsachen« sind in Wirklichkeit gar keine, sondern mehr oder weniger Angeberei, aber gerade das hat auch wieder was mit dem Obenseinwollen zu tun. Jungs fühlen sich nun mal nicht wohl, wenn sie über Zweifel, Ängste oder Sorgen reden sollen. Diese Ausdrücke kommen ihnen normalerweise nicht über die Lippen und obwohl sie sich dessen vielleicht nicht bewusst sind, haben sie sehr wahrscheinlich Angst, dass sie bei ihren Freunden im Ansehen sinken könnten, wenn sie sich auf eine solche Unterhaltung einlassen.

Nicht verwunderlich also, dass bei langjährigen Beziehungen eine der häufigsten Beschwerden der Frau lautet, dass der Mann nicht mit ihr »redet«. Er will nichts mit ihr teilen. Männer dagegen kann es total frustrieren, dass sie über alles und jeden reden will. Beide Seiten haben weder Recht noch Unrecht – sie sind einfach verschieden.

Missverständnisse

Kehren wir zu Becky und ihrer Situation zurück – sie ist in einer Kneipe und unterhält sich mit einem älteren Typ, den sie attraktiv findet. Die berühmten Hormone geraten in Wallung und sie fühlt sich zu ihm hingezogen. Ihm wiederum gefällt sie auch und er macht alle Anstrengungen, sie für sich einzunehmen. Als Nächstes kommt die Einladung zu ihm nach Hause. Becky sieht dies als eine Gelegenheit, sich (sowohl gefühlsmäßig als auch körperlich) näher zu kommen, und nimmt es als ein Zeichen, dass er sie mag und sie besser kennen lernen möchte. Er dagegen denkt an Sex und weil ihm die Unterschiede zwischen männlichem und weiblichem Denken nicht bewusst sind, nimmt er an, dass sie, wenn sie mitkommt, ebenfalls dazu bereit ist.

Sie gehen in die Wohnung der Jungs und dort wird Strip Poker angesagt. Sie haben wahrscheinlich alle etwas zu viel getrunken und es scheint eine lustige Idee. Das Unanständige macht alle nur noch mehr an (Tabus zu brechen war schon immer sexy), aber auch hier nimmt er auf Grund ihrer Zustimmung wieder an, dass sie zu allem bereit ist.

Man kann nun leicht sagen, dass Becky es hätte besser wissen sollen, als mit auf sein Zimmer zu gehen. Stattdessen genoss sie das Küssen und Streicheln und beruhigte sich damit, dass sie ihm vertrauen könne, als er sagte, sie brauche sich keine Sorgen zu machen. Sie interpretierte »Mach dir keine Sorgen« als »Ich werde nichts tun, was dir unangenehm ist und du nicht willst«. Er jedoch sah endlich grünes Licht, als sie mit ihm auf sein Zimmer ging, und benutzte die Worte »Mach dir keine Sorgen«, um ihre Einwände zu ersticken. Dass sie ohne weiteres mit ihm ging, ließ ihn (fälschlicherweise) denken, sie sei mit allem einverstanden und wolle weitermachen.

Streng genommen war es eine Vergewaltigung und ich weiß von anderen Dingen, die Becky mir schrieb, dass sie stark darunter litt und danach noch viel Hilfe brauchte. Tatsache ist aber auch, dass sowohl sie als auch der Junge in diese Situation gerieten, weil beide dachten, was sie tun, sei okay. Sie war zwar ebenfalls erregt, suchte aber gefühlsmäßige Nähe, während es ihm um Sex ging, um bei seinen Freunden anzugeben – eine Eroberung für eine Nacht.

James' Geschichte zeigt uns etwas von der männlichen Sichtweise.

James' Geschichte

Mit 17 hatten all meine Freunde massenweise Freundinnen und sexuelle Erfahrung (oder sagten dies zumindest). Ich war mit ein paar Mädchen bei Schuldiscos gewesen, aber ich bin nie mit einer richtig gegangen, und das einzige Mal, als ein Mädchen sich mit mir verabreden wollte, war es einer Wette wegen.

Meine Freunde machten mich zwar nicht gerade groß runter, aber es gab jede Menge Gerede über Sex und es sah ganz so aus, als wäre ich der Einzige, der es noch nicht getan hatte. Dann lernte ich Lucy kennen. Sie war neu an der Schule und sehr schüchtern, aber sie lächelte mich immer an. All meine Freunde redeten mir ein, sie stehe auf mich, und drängten mich, sie mal anzusprechen. Schließlich tat ich es (wenn auch nicht vor ihnen) und war echt überrascht, als sie sich mit mir verabredete. Kaum war ich einmal mit ihr weggewesen, fingen mich schon alle an zu löchern, wie weit ich gekommen sei. Ich fühlte mich dabei nicht wohl, denn ich mochte Lucy, aber sie drängten immer weiter und weiter und behaupteten, dass sie es bestimmt wolle, sie sei ja offensichtlich total verrückt nach mir.

Auf das, was dann folgte, bin ich wirklich nicht stolz. Nach ungefähr einer Woche besuchte ich sie zu Hause. Ich wusste, dass ihre Eltern nicht da waren, und wir küssten und knutschten in ihrem Zimmer. Ich begann sie auszuziehen und sie sagte Nein, also hörte ich auf und sagte ihr, alles sei in Ordnung. Aber dann ließ ich mich wieder hinreißen und begann sie zu streicheln. Sie schien nicht mal so viel dagegen zu haben und ich konnte mich einfach nicht beherrschen, also wollte ich mit ihr schlafen. Die Sache ist die, dass ich mich wirklich nicht beherrschen konnte und kam, bevor ich in ihr drin war.

Ich war sehr verlegen und sie war in Tränen aufgelöst. Wir machten uns sauber und tranken einen Kaffee, wobei sie die ganze Zeit weinte und jammerte. Erst da wurde mir klar, was ich getan hatte. Ich hätte sie fast vergewaltigt. Ich fühlte mich total beschissen. Am nächsten Tag löcherten mich meine Freunde wieder, ob ich es getan hätte, und ich kam mir so blöde vor. Die nächsten Wochen waren furchtbar. Lucy sprach kaum mit mir oder wenn, dann weinte sie und meine Freunde drängten mich ständig, wieder zu ihr zu gehen und es endlich zu tun. Ich war fast erleichtert, als sie schließlich sagte, sie wolle nicht mehr mit mir gehen, aber wir könnten noch Freunde sein, obwohl wir seitdem kaum miteinander gesprochen haben.

James steckte in der Zwickmühle. Hormone und Freunde drängten ihn dazu, eine sexuelle Eroberung zu machen. Er dagegen genoss offensichtlich die gefühlsmäßige Nähe zu Lucy und vermisste sie, als es vorbei war. Wie bei Becky verstanden die beiden zudem die gegenseitigen Signale falsch und es endete damit, dass sie wie er verletzt waren.

Wie kannst du Missverständnisse vermeiden?

Es gibt keine einfache Lösung – der erste Schritt ist, sich den Druck von außen bewusst zu machen, sowie die Tatsache, wie unterschiedlich Mädchen und Jungen an die Sache herangehen.

Sowohl Becky als auch Lucy dachten, sie hätten nein gesagt, aber die Jungen haben das nicht so verstanden. Die Mädchen hätten es früher, deutlicher und öfter sagen müssen – und vor

Du lässt dich womöglich schneller zu etwas drängen, als du vielleicht denkst.	1. Sexuelle Anziehung setzt manchmal unser Denken außer Betrieb.
Die gegenseitigen Signale werden oft und leicht falsch interpretiert.	2. Jungen und Mädchen sehen die Dinge oft auf unterschiedliche Weise.
Die Situation kann schnell außer Kontrolle geraten. Du musst die Bremse also eher früher als später ziehen.	3. Beide oben genannten Punkte können eine kritische Situation noch beschleunigen.

allem hätten sie aufstehen und weggehen müssen, um zu zeigen, dass sie mit dem, was geschah, nicht einverstanden waren.

Hilarys Geschichte

Ich hatte eines Abends ein paar Freundinnen zu Besuch und eine von ihnen brachte einen mit ihr gut befreundeten Jungen mit. Er wollte mit mir was anfangen und meine Freundin war nicht gerade erfreut, aber die anderen sagten, sie sei bloß eifersüchtig und ich solle nicht darauf achten. Ich ging darauf ein und fing was mit ihm an. Er ging immer noch mit seiner Freundin, wollte es ihr aber am folgenden Nachmittag sagen. Schließlich erzählte er es ihr eine Woche später. Meine Freundin sagte, er werde es mit mir genauso machen, aber alle anderen meinten, sie hätte nur Eigeninteressen und ich sollte sie einfach ignorieren.

Nach ein paar Monaten machte er mir einen Antrag. Ich war mir wieder nicht ganz sicher, aber meine Freundinnen überzeugten mich, also sagte ich ja. Sechs Wochen später rief ich ihn an, weil ich gehört hatte, dass er mir etwas sagen müsse. Er erklärte, er sei mit jemand anderem zusammen und dass wir alles abblasen soll-

ten. Ich war völlig fertig. Ich sagte, es sei egal, ich würde ihm verzeihen, doch er antwortete, nein, es sei vorbei.

Ich war total am Boden zerstört, aber meine Freundin tröstete mich und sagte kein einziges Mal: »Ich habe es dir ja gesagt.« Einige Tage später erzählte sie mir, dass sich mein Ex während der meisten Zeit, in der wir zusammen waren, noch mit anderen Mädchen getroffen hatte. Das machte alles noch viel schlimmer.

Ich weiß, ich hätte mich von Anfang an nicht mit ihm einlassen sollen. Sie warnte mich vor seinem Ruf, dass er Mädchen nur ausnutze, doch all meine anderen Freundinnen behaupteten, er hätte sich verändert, seit er mit mir zusammen sei, und ich wollte ihnen lieber glauben als ihr.

Ich musste mich ganz schön überwinden, das zu schreiben, und ich hoffe, es zeigt, dass man einfach nicht jedem trauen kann und dass die Leute, die einem nahe stehen, meistens auch am besten wissen, was gut für einen ist.

Hilary wollte einen Freund. Sie wollte jemanden, dem sie nahe sein und mit dem sie ihre Erlebnisse teilen konnte. Ihre Freundin sagte ihr, dass dieser Junge nicht der Richtige sei, aber er versprach einfach zu viel, als dass sie ihr glauben konnte. Als ihr dann auch noch die übrigen Freundinnen zurieten, war sie bereit zu glauben, dass ihre beste Freundin nur eifersüchtig sei. Hilary hatte eine schlimme Zeit, aber zumindest kam sie relativ schnell aus der Sache heraus. Und sie schaffte es, ihre Freundin zu behalten.

Ihre Geschichte unterstreicht zwei weitere Punkte, die den drei vorherigen hinzuzufügen sind:

Vergiss nicht: Eine gute Beziehung wartet auf dich, aber wenn du zu schnell vorgehst, kannst du in etwas geraten, wofür du noch gar nicht bereit bist.	4. Wenn du Zweifel hast, HALTE DICH ZURÜCK!
Wenn es jemanden gibt, dem du wirklich wichtig bist (Mutter, Bruder, beste Freundin usw.), dann höre dir zumindest an, was sie über deinen Freund oder deine Freundin zu sagen haben. Vielleicht ist es nicht das, was du gern hören möchtest, aber sie werden dir eher die Wahrheit sagen als eine Clique, die vielleicht nur ihren Spaß haben will.	5. Wenn du jemandem vertraust, solltest du auch ihrer/seiner Meinung vertrauen.

Einsamkeit mit Liebe verwechseln

Viele Frauen möchten gerne jemandem nahe sein und sehen Beziehungen als einen Weg, dies zu erreichen. Das kann bis zur Selbsttäuschung gehen, sodass sie denken, sie sind verliebt, wenn sie eigentlich nur der Einsamkeit entkommen wollen.

Pams Geschichte

Ich war mit diesem Mann schon eineinhalb Jahre zusammen, in einer sehr unruhigen Beziehung, denn er wusste nie ganz sicher, wen oder was er wollte, aber er kam immer zu mir zurück. Während der ganzen Zeit bat er mich immer wieder, ihn zu heiraten und Kinder mit ihm zu haben. Schließlich dachte ich, dass er mich wirklich liebte, und stimmte zu.

Es war für uns beide die zweite Ehe und er wollte so bald wie möglich heiraten, also arrangierten wir alles innerhalb einer Woche und wurden mit Sondererlaubnis getraut.

Kaum waren wir aus dem Standesamt, stand ich still und dachte nur: »Was um Himmels willen habe ich getan?« Einerseits wollte ich es durchziehen, andererseits fragte ich mich, worauf ich mich eingelassen hatte. Aber es war sowieso zu spät. Die Sache war im Rollen und irgendwie glaubte ich weitermachen zu müssen. Er hatte für alles gesorgt: Trauzeugen, Blumen und selbst gekocht für eine paar Freunde danach.

Wir wurden Ende Februar getraut und er verließ mich zwei Wochen später wegen einer anderen Frau, die angeblich von ihm schwanger war. Ich habe ihn seither nicht mehr gesehen. Im Nachhinein denke ich, dass ich mich auf diese Heirat eingelassen habe, weil ich nicht mehr allein sein wollte, obwohl eine »innere Stimme«, mir sagte, dass es falsch sei.

Pam, 27

Susans Geschichte

Ich war 20 und einige Monate vorher war die Beziehung zu meinem Freund, den ich wirklich geliebt hatte, auseinandergegangen. Ich fühlte mich einsam und gab eine Anzeige in unserer Lokalzeitung auf und so lernte ich John kennen. Bei unserer ersten Verabredung trafen wir uns auf ein Bier in einer Kneipe und gingen dann den Strand entlang, wo er mir eine Liebeserklärung machte. Aufgewühlt von der Trennung von meinem Ex, war ich nach nur ein paar Stunden überzeugt, dass ich ihn ebenfalls liebte. Zwei Tage später machte er mir einen Antrag und zwei Monate später waren wir verlobt. Von dem Augenblick an wusste ich, dass ich einen Fehler gemacht hatte. Aber alles ging viel zu schnell. Ich dachte, wir hätten öffentlich erklärt zu heiraten und müssten das jetzt auch tun. Meine beiden Schwestern hatten ihre Verlobung gelöst und ich kann mich noch heute an die Reaktion meiner Eltern erinnern.

Dass ich schließlich heiratete, lag zum Teil an meinen Eltern und der Familie, meinen Freundinnen, die begeistert waren, und zum Teil natürlich auch an meiner eigenen Dummheit. Ich ließ mich einfach von der Romantik mitreißen. Obwohl wir lediglich standesamtlich heirateten, war es trotzdem aufregend, ein Kleid, die Blumen und die Ringe auszusuchen – und ich stand im Mittelpunkt.

Unsere Ehe dauerte nur ein knappes Jahr. Er bekam einen Job in einem anderen Teil des Landes und ich glaube, ich war so erleichtert, dass er fort war, dass ich nach nur zwei Monaten um die Scheidung bat. Er war einverstanden und verschwand dann.

Susan, 23

Interessant ist, dass sowohl Pam als auch Susan bereits vor der Heirat wussten, dass sie einen Fehler machten. Sie erklären, der Ball sei ins Rollen gekommen und wie schwierig es sei, etwas nicht zu tun, wenn alle anderen erwarten, dass es geschieht. Es ist offenbar leichter, unser Leben nach den Erwartungen anderer zu richten. Diese Frauen wussten, dass sie sich auf eine Beziehung einließen, die nicht richtig für sie war, und trotzdem zogen sie es durch. Am Ende litten sie beide darunter, wenn auch wenigstens nur relativ kurze Zeit.

Hätte ich Gelegenheit gehabt, ihnen vor der Hochzeit einen Rat zu geben, hätte ich ihnen empfohlen zu warten. Wann immer du dir einer Sache nicht sicher bist, solltest du dich zurückhalten. Ich hätte ihnen auch vorgeschlagen, ihre eigenen Beweggründe zu untersuchen, um zu erkennen, wie viel Einsamkeit beim Heiratswunsch mitspielte. Ich vermute, wenn sie sich die Chance gegeben hätten, zugleich mit der Suche nach einer langfristigen Beziehung das Leben abwechslungsreicher zu gestalten, mehr Freunde zu finden und überhaupt ihr Selbstvertrauen zu heben, wären sie nicht so schnell auf diese Art Heirat hereingefallen.

Sich selbst wohl zu fühlen, bewahrt vor den Gefahren der Einsamkeit. Sich einsam zu fühlen, bedeutet nicht einfach, allein oder von anderen getrennt zu sein, sondern sich dabei zugleich abgelehnt und isoliert zu fühlen. Wenn wir sagen, wir sind einsam, suchen wir in Wirklichkeit nach einem Ort, wo wir aufrichtig geliebt und geschätzt werden. Manchmal haben wir Glück und finden jemanden, mit dem dies leicht ist, aber wie wir gerade gesehen haben, kann es bei einer vorschnellen Entscheidung auch herbe Rückschläge geben. Einsamkeit kann die Urteilskraft erheblich schmälern, also ist es wichtig, dass du vorher dein Selbstbewusstsein aufpolierst. Verwöhne dich ein wenig! Es muss nicht viel kosten – nimm dir lediglich etwas Zeit für einfache, nette Dinge, durch die du dich gut fühlst. Dann spürst du, wie die Einsamkeit verschwindet, und bald bist du in einer viel stärkeren Position, um neue Freunde zu finden und Beziehungen aufzubauen.

Eine Schuld abzahlen

Manchmal finden wir in unserer Einsamkeit Leute, die genau die Liebe und Unterstützung anbieten, die wir brauchen, um aufzublühen. Es ist ein wunderbares Gefühl, als hätte man eine Oase in der Wüste entdeckt. Kein Wunder, dass wir solchen Menschen gegenüber große Zuneigung und Dankbarkeit verspüren. Leider ist dies leicht mit Liebe zu verwechseln und kann dich in eine Beziehung drängen, die für dich so nicht stimmt. Du zahlst eine Schuld ab, aber zu einem überhöhten Preis.

Beths Geschichte

Mit 16 hatte ich ein Mädchen zur besten Freundin, die lesbisch war. Sie hatte es nur mir erzählt und es tat ihr gut, dass sie offen mit mir darüber reden konnte. Sie half mir auch viel, denn ich war schüchtern und hatte Probleme zu Hause. Deshalb fand ich es auch schwierig, mit jemandem eng befreundet zu sein. Ich hatte eine Menge loser Freundschaften, aber Sheila war, meine einzige richtige Freundin. Es war mir egal, dass sie lesbisch war, und ihr war es egal, dass ich sie manchmal ausschloss, denn sie wusste, ich würde irgendwann wiederkommen und mich ihr anvertrauen. Ich hatte noch nie jemanden gehabt, dem ich vertrauen und Geheimnisse erzählen konnte, und war wahrscheinlich auch als »beste« Freundin gar nicht so toll.

Im Sommer fuhr ich mit Sheila und ihren Eltern in Urlaub. Am letzten Abend waren wir noch lange auf und unterhielten uns und sie begann zu weinen und erzählte mir, wie schwierig es sei und wie sehr sie versuche den Mut aufzubringen, ihren Eltern von ihrer Sexualität zu erzählen. Ich tröstete sie eine Weile, hielt sie im Arm und sagte ihr, dass bestimmt alles in Ordnung käme, da drehte sie sich plötzlich zu mir um und sagte: »Ich liebe dich.« Ich erwiderte: »Ich dich auch.«, denn das stimmte ja, da sie der erste Mensch war, der mir je echte Zuneigung entgegengebracht hatte.

Noch bevor ich wusste, was geschah, küsste sie mich. Ich wusste nicht mehr ein und aus. Ich hatte noch nicht mal einen Jungen ge-

küsst, geschweige denn ein Mädchen. Alles Mögliche ging mir durch den Kopf. Ich erkannte, dass ich Sheila liebte und wahrscheinlich auch von ihrer Freundschaft abhängig war. Ich konnte mir ein Leben ohne sie nicht vorstellen, aber mein Hauptgedanke war, dass ich ihr nicht wehtun dürfe.

Also küsste ich sie ebenfalls, um ihre Gefühle nicht zu verletzen. Ich wollte es eigentlich gar nicht und mir war klar, dass es falsch war, aber ich wusste nicht, was ich sonst tun sollte. Am nächsten Morgen beim Frühstück und während der Fahrt nach Hause sprachen wir kaum was. Ich glaube, sie war richtig glücklich, aber ich machte mir insgeheim Vorwürfe und überlegte, was um Himmels willen ich tun sollte.

Mir wurde bewusst, dass ich, was immer ich tat, diesen Menschen, der mir so sehr geholfen hatte, verletzen würde. Es war eine unmögliche Situation. So unwahrscheinlich es klingt, aber ich machte drei volle Monate so weiter. Wir umarmten und küssten uns und jedes Mal sagte ich ihr, dass ich sie liebte. Ich hasste mich dafür. Sie hatte all ihr Vertrauen in mich gesetzt und ich log sie an. Je länger es ging, desto schlimmer wurde es, aber ich konnte einfach nicht Schluss machen. So oder so konnte ich dabei nur verlieren.

Aber schließlich ging es einfach nicht mehr. Ich wusste, dass ich es tun musste, und verabredete mich mit ihr in der Stadt auf einer Bank. Dann sagte ich: »Sheila, ich kann nicht mehr mit dir gehen.« Sie fragte leise, warum und ich sagte: »Ich liebe dich, wirklich, aber ich bin nicht verliebt in dich.« Ich weinte, aber sie blieb ganz ruhig. Im Großen und Ganzen versuchten wir wieder Freundinnen zu sein, aber es war nicht mehr wie früher. Wir stritten uns schließlich ständig und jetzt sprechen wir kaum noch miteinander.

Es waren die schlimmsten drei Monate meines Lebens, denn ich wusste die ganze Zeit, dass ich nicht lesbisch bin, und redete mir trotzdem ein, dass ich mich vielleicht noch in sie verlieben könnte, so, wie sie es sich wünschte. Aber eigentlich habe ich es selbst nicht geglaubt.

Beth

Beth und Sheila waren eng befreundet und schließlich fragte Sheila zögernd, ob sie weiter gehen könnten. Beth war durcheinander, denn obwohl sie wusste, dass sie nicht lesbisch war, hatte sie das Gefühl, Sheila etwas zu schulden, und wollte sie glücklich machen. Die Tatsache, dass es um eine lesbische Beziehung ging, ist an sich unerheblich; es hätte genauso gut auch zwischen einer Frau und einem Mann passieren können. Der Punkt ist, dass Beth ein Gefühl vortäuschte, das sie gar nicht empfand. Sie tat das, um ihre beste Freundin nicht zu verletzen, und am Ende tat sie ihr trotzdem sehr weh. Wie Beth selbst sagt: eine ausweglose Situation.

Ihre Freundschaft hätte nur dann eine Chance gehabt, wenn sie von Anfang an ganz ehrlich gewesen wäre. Wenn sie sich nicht stark genug fühlte, Nein zu sagen, hätte sie zumindest um Zeit bitten können, um es sich zu überlegen. Damit sind wir wieder bei der goldenen Regel: Wann immer du dir einer Sache nicht sicher bist, solltest du dich zurückhalten. Und nicht vergessen: Eine gute Beziehung wartet auf dich, aber wenn du zu schnell vorgehst, kannst du in etwas geraten, wofür du nicht bereit bist.

4

Wenn du mich wirklich lieben würdest …

Entscheide selbst, wie weit du gehen willst

Hast du schon einmal das Gefühl gehabt, dass alles viel zu schnell geht? Und hast du schon einmal Angst gehabt »Halt« zu rufen, weil du deinen Freund/deine Freundin nicht verärgern wolltest?

Ich bin ein fünfzehnjähriges Mädchen und meine beste Freundin hat einen Bruder, der 17 ist. Ich mag ihn sehr, und zwar schon lange. Meine Freundin richtet mir manchmal etwas von ihm aus. Ab und zu sehe ich ihn nach der Schule noch alleine. Ich gehe nicht richtig mit ihm, aber er will mit mir Sex haben. Ich habe Angst, dass er es anderen erzählt, wenn ich Sex mit ihm habe, oder dass er mich nicht mehr mag, wenn ich es nicht tue. Was soll ich tun?

Tanya

Ich gehe seit zwei Wochen mit einem Jungen und er will schon, dass wir mehr machen, wie Petting, Blasen usw. Ich bin erst 13 und will das nicht. Aber wenn ich es nicht mache, macht er wahrscheinlich Schluss und ich mag ihn wirklich. Was soll ich tun? Diana

Ich hatte in der Zeit zwischen 15 und 17 einen festen Freund. Er war derjenige, der Schluss machte, und ich fühlte mich danach sehr einsam. Es dauerte ungefähr ein Jahr, bis ich wieder Lust hatte, mich mit jemandem zu verabreden, und als Dan mich zu einer Party einlud, nahm ich gerne an. Wir hatten einen tollen Abend und später fuhr er mich nach Hause und irgendwie landeten wir bei ihm.

Als er mich zu sich einlud, ahnte ich irgendwie, was er vorhatte, aber ich dachte, ich geh mal einfach mit rein, trinke noch was und dann ab nach Hause. Er hat es nicht so gesehen. Ich konnte ihn kaum von mir wegbekommen, und als ich ihm sagte, dass ich nicht so schnell mit ihm schlafen wolle, wurde er wütend. Er sagte, wir würden uns schließlich schon jahrelang kennen (was stimmte) und warum ich mich überhaupt mit ihm verabredet hätte, wenn ich nicht dazu bereit wäre. Ich wusste nicht, was ich darauf antworten sollte. Ich wusste nur, je mehr er mich bedrängte, desto weniger hatte ich Lust, mit ihm ins Bett zu gehen.

Carline, 18

Briefe wie diese machen einen großen Teil meiner »Kummer«-Post in den Zeitschriften aus. Mädchen, und nicht nur 13- oder 14-jährige, fühlen sich von ihrem Freund oft unter Druck gesetzt, schneller eine sexuelle Beziehung einzugehen, als sie eigentlich möchten. Der kritische Punkt kommt in der Regel, wenn der Junge den Spruch sagt: »Wenn du mich wirklich lieben würdest …« Er ist sehr wirkungsvoll, denn es ist nicht viel Phantasie von Seiten des Mädchens nötig, um die unausgesprochene Drohung zu hören, dass sie sich verabschieden kann, wenn sie nicht spurt.

Natürlich haben viele Paare auch ohne solche Probleme Sex. Sie wollen es beide, es ist eine gemeinsame Entscheidung und sie nehmen aufeinander Rücksicht, indem sie sich um passenden Schutz bemühen. Das ist völlig in Ordnung. Echt deprimierend aber finde ich, dass so viele Mädchen sich immer noch unter Druck gesetzt fühlen, etwas zu tun, wofür sie einfach nicht bereit sind.

Ist immer nur das Mädchen das Opfer?

Nach gängiger Meinung sind es mehr die Jungen, die es bei den Mädchen versuchen, aber natürlich passiert es auch andersherum. Ich höre wahrscheinlich nur nicht so oft davon, weil die meisten Jungen es nicht zum Thema machen, aber oft sind sie genauso unsicher, ob sie bereits Sex haben wollen.

Ich bin 16 und gehe schon seit zwei Jahren mit meinem Freund. Das Problem ist, dass wir uns lieben, miteinander aber nicht über ein bisschen Schmusen hinausgehen. Ich würde gerne mit ihm schlafen, aber ich glaube, er ist noch nicht so weit. Wir verbringen viel Zeit miteinander, aber Sex ist kein Thema. Soll ich es einmal ansprechen? Glauben Sie, es gibt irgendwas, was ich sagen oder tun kann, um unsere Beziehung weiterzubringen?

Vor vier Monaten hatte ich mit ihm Schluss gemacht, weil ich mit einem anderen gehen wollte, aber nach zwei Wochen merkte ich, wie sehr ich ihn liebte und vermisste, und wir kamen wieder zusammen. Ich habe jetzt das Gefühl, dass ich mich deshalb von ihm trennte, weil es mit uns einfach nicht weitergeht. Ich schätze ihn als Person und will ihn nicht nur zum Sex benutzen, aber ich werde noch verrückt, wenn zwischen uns nicht bald etwas mehr passiert.

Pia

Pia setzt ihren Freund nicht zu stark unter Druck, aber ich bin sicher, sie macht deutlich, dass sie gern etwas weiter gehen möchte. Sie hat einmal mit ihm Schluss gemacht, weil ihr jemand anders gefiel, und das müsste ihn normalerweise auch veranlasst haben darüber nachzudenken, was zwischen ihnen eigentlich lief. Und doch gehen die beiden nun schon seit zwei Jahren miteinander und sind nicht in der Lage, über Sex zu reden. Pia ist verzweifelt, aber sie muss ihn langsam darauf vorbereiten, bevor sie ihre Wünsche umsetzen kann. Sie könnte damit anfangen, ihm zu sagen, was sie empfindet, und ihm so Gelegenheit geben, sich dazu zu äußern, wie er sich die Beziehung weiterhin vorstellt. Sie muss sich auch darüber klar sein, dass manche Jungen panisch reagieren, wenn sie sich unter Druck gesetzt fühlen.

Davids Geschichte

Ich war mit Mel schon fast acht Monate zusammen und mochte sie wirklich. Sie war 17 und ich zwei Jahre älter und sie wusste, dass ich bereits einige Beziehungen hinter mir hatte und mit einigen Freundinnen auch geschlafen hatte, und fragte mich oft darüber aus. Wir unternahmen viel zusammen und einige Male verbrachten wir auch die Nacht zusammen im Bett, aber wir gingen nie aufs Ganze. Nach und nach machte sie Bemerkungen, dass sie jetzt echt Lust darauf hätte. Ich wusste, dass es für sie das erste Mal wäre, und das machte mir Angst, denn ich wusste auch, dass sie es als engere Bindung sehen würde. Ich versuchte ihr dies zu erklären und sagte, dass ich für etwas Ernsteres noch nicht bereit sei, und sie sagte immer, es sei schon in Ordnung. Dann, an einem Wochenende, waren wir auf einer Party gewesen, gingen auf dem Heimweg zu mir und es passierte einfach.

Ich habe ein Kondom benutzt, und obwohl sie nichts gesagt hatte, wusste ich, kaum dass es vorbei war, dass es ein großer Fehler gewesen war. Sie lag da und hielt mich im Arm und redete und redete, wie viel es ihr bedeute. Danach begann sie bereits Pläne für unsere Zukunft zu schmieden. Es war, als hätte sie mich an sich gefesselt und ich würde für den Rest meines Lebens an sie gebunden sein. Die nächsten Wochen waren furchtbar. Ich hatte das Gefühl, in all ihren Plänen und ihrem Zukunftsgeplapper zu ersticken. Ich weiß noch, dass ich ihr zu erklären versuchte, es habe sich doch nicht groß was geändert, aber sie sah mich an, als sei ich verrückt, und meinte, natürlich habe sich alles geändert und wir würden uns jetzt echt lieben.

Da wusste ich, dass ich es nicht so weiterlaufen lassen konnte, und am nächsten Tag machte ich Schluss. Es war furchtbar und ich weiß, dass ich ihr das Herz gebrochen habe, aber ich konnte doch nicht bleiben und ein Teil ihrer Phantasien werden. *David, 20*

David ahnte, dass seine Freundin Sex mit einem Treueschwur gleichsetzte, und wollte ihn vermeiden, da er eine solche Verpflichtung nicht eingehen wollte. Als sie miteinander geschlafen hatten, erwiesen sich seine Ängste als wahr. Seine Freundin dachte, Sex bedeute für ihn das Gleiche wie für sie. Das Ergebnis war ein unter Druck gesetzter, panischer Freund – der schleunigst die Flucht ergriff.

Unterschiedliche Einstellung zu Sex

Sowohl Jungen als auch Mädchen genießen Sex; das ist von der Natur auch so eingerichtet, und besonders als Teenager, wenn dein Körper sich hormonell umstellt und entwickelt, wird der Gedanke an Sex unglaublich attraktiv. Aber noch gelten für viele tief verwurzelte Unterschiede in der Art und Weise, wie wir ihn betrachten.

Mädchen setzen Sex im Allgemeinen mit Liebe gleich. Für sie ist es tatsächlich »Liebe machen« und ein Beischlaf die stärkste Form gegenseitiger Nähe, die man erreichen kann. Je schwerer es einem Jungen fällt, Komplimente auszusprechen oder über seine Gefühle zu reden (und wir wissen alle, das können viele Jungs nicht), desto eher sucht wahrscheinlich das Mädchen die gefühlsmäßige Nähe im Sex, das heißt, sie genießt den Sex, zieht aber zusätzlich Befriedigung aus dem Gefühl, geliebt zu werden.

Für viele Jungs sieht das etwas anders aus. Sie haben einen genauso starken Sexualtrieb, aber in vielen Fällen wird er nicht durch Liebesgefühle kompliziert. Sex hat den Anstrich eines aufregenden Abenteuers und keine Möglichkeit darf ausgelassen werden. Ich habe einige Jungen gefragt, wie sie diesen Unterschied sehen.

Mädchen stehen dauernd in Grüppchen rum und kichern. Sie verbringen unheimlich viel Zeit damit, über ihre Freunde zu reden, während wir Jungen, glaube ich, zuerst über Fußball reden, dann übers Weggehen und über Alkohol und dann erst über Mädchen – und was wir mit ihnen machen.

Ich glaube, Mädchen reden untereinander mehr über Sex und all das als Jungen. Bei uns grinst man nur anzüglich darüber, aber Mädchen diskutieren tatsächlich, was passiert ist und wie sie sich fühlen.

Männer finden es schwerer, über Gefühle zu reden – ich weiß nicht, warum, aber das hat wohl damit zu tun, dass sie Machos sind.

Wir wissen alle, was der andere so macht, und wenn einer es am Wochenende getan hat, schreiben wir vielleicht am Montagmorgen »Gut gemacht, John« oder so an die Tafel. Er wird es jedenfalls ganz bestimmt nicht für sich behalten können. Ist doch schließlich gut, oder? Und das Mädchen? Na ja, sie muss ja wohl eine Schlampe sein?

Von Jungen wird doch erwartet, dass sie Sex haben, oder? Selbst mein Dad gibt damit an, mit wie vielen Mädchen er geschlafen hatte, als er in meinem Alter war. Bei meiner Schwester ist das allerdings ganz was anderes!

Manche Jungs reden eine Menge Mist, wenn es um Sex geht. Also weiß man, dass man von allem, was sie sagen, eine Menge abziehen muss. Aber man hört es sich trotzdem an.

Wie kann Sex eine Beziehung ruinieren?

Davids Brief von vorhin bringt es auf den Punkt: Er sagte, nachdem er mit seiner Freundin geschlafen hatte, hätte sie das als große Liebeserklärung verstanden, wohingegen er sich nur bedrängt fühlte. Manche Menschen werden sehr besitzergreifend in ihrer Beziehung, sobald sie mit ihrem Partner oder ihrer Partnerin im Bett waren, und die Intensität ihrer Gefühle kann Angst machen. Es muss nicht mal unbedingt so sein, dass sie bereits eine Familie planen, oft haben sie nur Angst, dass dieses neue Stadium in ihrer Beziehung sie verletzlich macht und dass ihr Freund oder ihre Freundin sie verlässt, also suchen und verlangen sie nach Bestätigung.

Aber nicht alle fühlen sich bei so viel Nähe wohl. Mädchen kommen damit meist besser klar als Jungs. Jungs kriegen es oft so sehr mit der Angst zu tun, wenn sie die Verpflichtung und Bestätigung, die ihre Freundin sucht, nicht erfüllen können, dass sie einfach weglaufen. So kann Sex Beziehungen zerstören.

Und wie weiß ich dann, ob ich bereit bin?

Die grundsätzliche Antwort darauf ist: Solange du nicht sicher bist, ob du Sex willst oder nicht, solltest du noch ein wenig warten. Wenn du dich unter Druck fühlst, weil alle anderen es tun oder – noch schlimmer – weil dein Partner sagt oder andeutet, dass er dich sonst verlässt, ist das keinesfalls Grund genug, um mit ihm zu schlafen. Sex ist ein wichtiger und aufregender Teil des Lebens und du solltest immer selbst entscheiden können, wie weit du gehen willst – du, und niemand anders.

Sex ist auch etwas, worüber du eine gewisse Kontrolle behalten solltest. Zu viele Mädchen schreiben mir, dass sie auf einer Party waren, etwas getrunken hätten und dann »eins zum anderen führte«. Alkohol und Drogen lockern die Hemmungen, sodass du dich zu Dingen hinreißen lässt, die du normalerweise nicht tun würdest, aber der »Kater« danach tut trotzdem weh.

Mariannes Geschichte zeigt, wie es bei ihr zum ersten Mal geschah und wie sie sich jetzt deswegen fühlt …

Mariannes Geschichte

Es begann an Ostern, als wir mit unserem Caravan in der Nähe eines Country Clubs übernachteten. Meine beiden Freundinnen und ich gingen ins Billardzimmer. Es war Sonntag, also der vollste Tag der Woche, und es waren eine Menge Leute da. Wir sahen uns beiläufig um und ich bemerkte einen Typ, der mich anstarrte.

Er lächelte mich an, also lächelte ich zurück, aber dann ging er mit seinen Freunden weg. Während der nächsten Ferienwoche sah ich ihn ein paar Mal, aber es entwickelte sich nichts. Ich wusste allerdings bereits, dass ich mich gern mit ihm treffen würde.

Im Mai dieses Jahres heiratete meine Cousine, und als ich durch die Kirche ging, bemerkte ich genau den Jungen aus den Ferien auf der anderen Seite des Ganges. Bei der Feier kamen wir ins Gespräch und verbrachten praktisch den ganzen Tag zusammen. Ich erfuhr, dass er mit dem Mann meiner Cousine zusammenarbeitete. Er hatte die Schule schon mit 16 verlassen und hatte auch eine Freundin, aber sie war nicht mit zur Hochzeit gekommen. Ich hatte einiges getrunken, und als er mich bei einem langsamen Tanz aufforderte, war ich gleich einverstanden. Es war bereits ausgemacht, dass ich bei meiner Freundin übernachtete, also gingen meine Eltern irgendwann nach Hause und ich blieb auf der Feier.

Irgendwann nahm mich dieser Junge (ich nenne ihn John) bei der Hand und zog mich hinaus. Als er anfing mich zu küssen, war es genauso, wie ich es mir erträumt hatte. Nachdem wir uns eine Weile geküsst hatten, merkte ich, wie er mich überall berührte, aber ich war so betrunken, dass ich ihm nicht sagen konnte, er solle aufhören. Als Nächstes, erinnere ich mich, wollte er, dass ich ihn an den intimen Stellen anfasse, und ich sagte Nein. Ich war erst 15 und nicht sehr erfahren, wenn es um Jungs ging. Wir küssten uns noch eine Weile und dann merkte ich, wie er seinen Penis in mich steckte, aber ich dachte, wir könnten im Stehen doch keinen Sex haben. Er stieß immer weiter in mich hinein und ich sagte immer nein und schob ihn weg, aber er war sehr stark.

Schließlich gelang es mir davonzulaufen. Ich war in Tränen aufgelöst und weinte mich bei meiner Freundin aus. Sie sagte, ich solle trotzdem wieder reinkommen, denn wenn ich wegbliebe, würde er wissen, dass er mir wehgetan hat. Also ging ich rein und direkt an ihm vorbei. Er wollte mit mir reden und ich konnte nicht glauben, dass er so tat, als ob nichts passiert wäre. Seine Freunde schienen recht nett und ich fand es ganz okay, mit ihnen zu plaudern, bis einer mich fragte, wie weit ich mit John gegangen sei und ob ich die nächste Nummer auf seiner Liste sei. Als ich das hörte, wurde mir klar, dass er bekannt dafür war, es bei Mädchen zu versuchen.

Etwa um zwei Uhr morgens sagten die Eltern meiner Freundin, sie würden jetzt gehen, und John wollte mich hinbringen. Auf dem Weg sagten ein paar Leute, die ich kannte, ich solle mich vor ihm in Acht nehmen, und ich kann mich erinnern, dass ich mir wünschte, sie hätten mir das früher gesagt.

Ich sah John erst drei Monate später wieder, als ich zu meiner ersten Disco ging. Ich gab mir einen Ruck, zu ihm hinzugehen und mit ihm zu reden, und er fing an Drinks für mich zu bestellen und schaffte es, mich betrunken zu machen. Dann gingen wir hinaus in sein Auto, eins führte zum anderen und wir hatten Sex.

Und heute? Tja, ich wünschte, ich hätte John nie getroffen. Er hat mir das Gefühl gegeben, ich sei billig und schmutzig. Auf gewisse Weise bin ich froh, dass es passiert ist, denn jeder verliert irgendwann seine Unschuld, aber gleichzeitig bedaure ich es, denn ich wollte mich eigentlich für jemanden aufheben, den ich wirklich liebe, und für John habe ich jetzt nur noch Hass übrig. Ich sehe ihn immer noch manchmal, aber dann winken wir uns nur zu.

Marianne fühlt sich verletzt und benutzt, denn sie hat die Kontrolle über die Situation verloren. Und doch, trotz der Tatsache, dass sie bei ihrer ersten Begegnung von John heftig angemacht, wenn nicht sogar vergewaltigt wurde, ist sie in der Disco freiwillig auf ihn zugegangen und hatte schließlich ein zweites Mal mit ihm Sex. Manchmal lassen sich Gefühle sehr schwer auseinander halten. Marianne fühlte sich von ihm angezogen, aber sie mochte nicht, was er mit ihr tat. Sie wusste, dass er sie benutzte, aber trotz einer gewissen Angst gefiel es ihr auch. Sie verwechselte Sex mit Liebe und Zuneigung. Erst später, als sie mit etwas Abstand darauf zurückblickte, fühlte sie sich deswegen schlecht.

Mariannes Geschichte ist nicht ungewöhnlich. Ich hoffe, sie hat nicht zu viele Schuldgefühle und kann ihren Hass auf John überwinden. Sie weiß jetzt, dass Sex nicht das Gleiche ist wie Liebe, und es ist zu hoffen, dass sie etwas länger wartet, bevor sie mit ihrem nächsten Freund so weit geht. Und was noch wichtiger ist, ich hoffe, sie achtet darauf, dass ihr nächster Freund auch wirklich ein Freund ist, und nicht nur jemand, der seine Chancen bei einem betrunkenen Mädchen ausnutzt.

Unter Druck

Was solltest du also tun, wenn du dich unter Druck gesetzt fühlst und nicht sicher bist, ob du so weit gehen willst?

Schritt 1: Lass dir Zeit

Es ist eine sehr alte Weisheit, aber sie gilt immer noch: Wenn ein Junge droht, dich zu verlassen, wenn du nicht mit ihm Sex hast, ist die Wahrscheinlichkeit groß, dass er dich auch verlässt, wenn du es tust. Sein Hauptziel ist wahrscheinlich, Sex zu haben und sexuelle Erfahrung zu sammeln. Er sieht dich als Mittel zum Zweck und nicht als einen Menschen, den er liebt. Stell dir also einfach ein riesiges Neonschild mit NEIN auf seinem Kopf vor, wenn du so direkt erpresst wirst. Er ist es nicht wert.

Wenn deine Beziehung auf Sex zuläuft und du dir nicht sicher bist, wie weit du gehen oder wie schnell du es tun willst, ist es Zeit, die Bremse zu ziehen. Wenn du unter 14 bist, hast du dafür auch eine bereits fertige Entschuldigung, was das Gesetz angeht. Dein Freund mag davon nicht besonders beeindruckt sein, aber du könntest darauf hinweisen, dass er sich strafbar macht, wenn ihr Sex miteinander habt. Je größer der Altersunterschied zwischen euch ist (wenn es denn einen gibt), desto schlimmer wäre es für ihn und wenn du sehr jung bist könnte er sogar ins Gefängnis kommen. Mehr dazu in Kapitel 9, »Dein gutes Recht«.

Schritt 2: Sprich über Sex

Wenn du vermeiden möchtest, zu Sex gedrängt zu werden, dann mag es dir verrückt vorkommen, das Thema anzusprechen, aber es ist wichtig, dass du deinem Partner die Gelegenheit gibst zu erfahren, wie du dich fühlst und was dir Sorgen macht. Manchmal hilft Reden auch, um die eigenen Gefühle sortiert zu bekommen. Denk daran, dass jemand, dem du wichtig bist, auch bereit ist zu warten, und er wird dir ganz sicher auch zeigen wollen, dass du ihm wichtig bist, indem er sich vorher überlegt, wie ihr euch schützen wollt. Um genau zu sein, dies ist ein ausgezeichneter und fast hinterhältiger Test für jeden Jungen, den du im Verdacht hast, eher an Sex als an Liebe interessiert zu sein. Es ist erstaunlich, wie viele Jungs alle Arten von Entschuldigungen vorbringen, um sich aus der Verantwortung für Verhütung zu ziehen – sei es, dass sie ihre Unwissenheit verbergen oder dass sie sich einfach nicht die Mühe machen wollen.

Ich gehe fest mit einem Jungen und letztes Wochenende waren wir auf seinem Zimmer und landeten auf dem Bett. Wir wären bis zum Letzten gegangen, wenn ich nicht gesagt hätte, ich hätte meine Tage. Ich mache mir viele Gedanken über Verhütung, besonders seit ich gehört habe, wie er zu seinem besten Kumpel sagte, dass wir es tun würden und dass wir keinerlei Verhütung bräuchten. Ich weiß nicht, was ich machen soll. Ich habe Angst, es zu erwähnen, aber ich will auch nicht schwanger werden. Ich möchte ja Sex mit ihm haben, aber nicht ohne Kondom. Ich weiß nicht, was ich machen soll.

Olive, 16

Wäre es dir zu peinlich, über Verhütung zu reden? Glaubst du, dass »technischer Kram« die Romantik zwischen zwei Leuten zerstört? Ich weiß nicht, woher Olives Freund seine Ideen hat. Kann sein, dass er wie viele andere denkt, Schwangerschaft gehe ihn nichts an. Ich vermute aber eher, dass er nicht viel Ahnung von Verhütung hat und es ihm zu peinlich ist, sich aufklären zu lassen. Also tönt er stattdessen rum, er brauche das nicht und mache sowieso, was er wolle.

Olive mag diesen Jungen anscheinend und möchte mit ihm schlafen, aber bei seiner Einstellung kann ich mir nicht vorstellen, dass es eine sehr glückliche oder längere Beziehung sein wird.

Jenny hat eine noch schlimmere Geschichte zu erzählen.

Ich bin mit meinem Freund schon über zwei Monate zusammen und während der letzten Wochen haben wir angefangen Sex zu haben. Dabei habe ich jedes Mal verlangt, dass er ein Kondom benutzt, aber das Problem ist, dass er die Dinger hasst. Einige seiner Freunde haben ihm eingeredet, es sei nicht fair, dass ich entscheide, welche Art von Verhütung wir benutzen, sondern dass es eine gemeinsame Entscheidung sein müsste. Darauf meinte er, dass er es lieber ohne Kondom tun möchte und ihn herausziehen würde, bevor er kommt, aber ich will das nicht, denn ich weiß, dass Sperma auch schon freigesetzt wird, bevor ein Junge ejakuliert.

Manche meiner Freundinnen sagen, ich könne es ja während meiner sicheren Zeit ohne Kondom tun, aber nachdem mein Freund vor mir schon mit mindestens einem anderen Mädchen ohne Kondom Sex hatte, habe ich Angst, mir eine Krankheit zu holen. Andere Freundinnen haben mir vorgeschlagen, die Pille zu nehmen, aber ich mache mir Sorgen, dass meine Mutter es herausfindet, und dann sind da auch noch die Nebenwirkungen.

Mein Freund macht das Benutzen von Kondomen so schwierig wie möglich und immer muss ich sie kaufen. Oft mag er die Art nicht, die ich genommen habe. Ich weiß genau, dass Sie mir jetzt wahrscheinlich raten werden, ich soll mich nicht beirren lassen und darauf bestehen, dass er Kondome benutzt, aber es wird immer schwieriger und oft habe ich ein schlechtes Gewissen, dass ich ihn dazu zwinge, Kondome zu benutzen.

Jenny, 16

Wie du dir vorstellen kannst, hat es mir fast die Sprache verschlagen, als ich Jennys Brief las. Nicht nur, dass ihr Freund sie die Kondome kaufen lässt (sie könnten wenigstens die Kosten teilen), aber dass er auch noch Ansprüche hinsichtlich der Marke stellt. Zum Glück weiß Jenny, dass es alles andere als sicher ist, sich auf eine »sichere« Zeit zu verlassen, und – noch wichtiger – dass eine solche Methode oder die Pille auch keinen Schutz gegen sexuell übertragbare Krankheiten oder das HIV bietet.

Sie will mit ihm schlafen, aber sie will sicheren Sex. Und alles, was er macht, sind Schwierigkeiten und altbekannte Märchen zu erzählen, es schütze vor Schwangerschaft, wenn er vorzeitig abbricht. Das funktioniert einfach nicht! Abgesehen davon, dass es sehr schwierig ist für einen Mann, den Penis genau in dem Augenblick herauszuziehen, wenn sein ganzer Körper ihm befiehlt, ihn drin lassen, treten auch schon wenige Sekunden oder sogar Minuten vor der Ejakulation Spermien aus. Ein Tropfen kann drei Millionen Spermien enthalten, was ein ziemliches Risiko darstellt, schwanger zu werden, praktisch noch ehe ihr überhaupt begonnen habt.

Als ich Jennys Brief las, hätte ich am liebsten ein Kondom genommen und es ihrem blöden Freund auf die Stirn geklebt. Sie würde mir wahrscheinlich nicht zustimmen, aber ich denke, dass sie ohne ihn wesentlich besser dran ist. Er bringt ihr nur viel Ärger und Stress – sie hat ja schon ein schlechtes Gewissen, nur weil sie ihn bittet sich vernünftig zu verhalten.

Schritt 3: Wenn du immer noch Zweifel hast, sag nein

Denk dran, dass du – und nur du – entscheiden solltest, ob du Sex haben willst. Niemand hat das Recht, dich dazu zu drängen, und egal, wie sehr es jemand von dir erwartet (oder du das Gefühl hast, es ihm zu schulden), das bedeutet immer noch nicht, dass du es tun musst.

Aber es ist schwierig, Nein zu sagen, wenn du jemanden magst. Du hast Angst, ihn zu verärgern, oder – noch schlimmer – ihn zu verlieren und selbst wenn du eigentlich noch nicht willst, kann es sehr verlockend sein, die Sache hinauszuschieben und den anderen hoffen zu lassen, dass du deine Meinung vielleicht noch änderst.

Karens Geschichte

Ich gehe auf eine reine Mädchenschule und hatte meinen ersten Freund mit 15. Ich lernte Jeremy bei einer Schuldisco kennen, als eine ganze Clique von Jungs von einer anderen Schule kam. Ich war immer ziemlich schüchtern und so fiel es mir anfänglich schwer, mich mit ihm zu unterhalten, aber er war auch ziemlich still. Irgendwie machte es das einfacher. Anfänglich gingen wir gar nicht richtig miteinander, wir trafen uns nur manchmal nach der Schule und er rief mich ein paar Mal in der Woche an. Meine Mutter zog mich damit auf und sagte immer, ich sollte ihn mal nach Hause einladen. Schließlich kam er vorbei und meine Eltern mochten ihn.

Wir verstanden uns gut und etwa zwei Monate vor meinem 16. Geburtstag taten wir ziemlich viel zusammen, außer miteinander zu schlafen. Eines Abends, als wir in meinem Zimmer waren, sagte er, dass er gerne mit mir schlafen möchte. Ich glaube, er muss es schon eine Weile gewollt haben, aber ich wusste, dass ich nicht bereit war. Er muss es an meinem Gesichtsausdruck gesehen haben, denn er sagte, es komme nicht darauf an und er würde warten, bis ich 16 sei.

Zwei Monate vergingen und ich fürchtete meinen Geburtstag. Ich dachte, er erwarte von mir, dass ich dann sofort mit ihm schlief, und obwohl ich ihn liebte, fühlte ich mich einfach nicht dazu bereit. Es hing damit zusammen, dass er es so sehr wollte, und ich mochte auch den Gedanken nicht, es zu tun, während meine Eltern zu Hause waren. Meine Mutter hatte immer gesagt, dass ich mit ihr über Sex reden und sie um Rat fragen könnte, wenn ich eine Beziehung hätte, aber ich wollte es irgendwie nicht und dachte, ich würde sie enttäuschen, wenn ich unter diesen Umständen mit ihm schlief.

An meinem 16. Geburtstag lud er mich zum Essen ein und auf dem Heimweg gab er mir ein Extrageschenk – eine Packung Kondome, eingewickelt in hübsches Geschenkpapier. Ich sah wahrscheinlich ziemlich verlegen aus. Ich lachte ein wenig und sagte ihm, es sei nicht die richtige Zeit des Monats. Er sah enttäuscht aus, erwiderte aber, dass es ja nicht sofort sein müsste, und wir gingen ein paar Wochen miteinander, ohne richtig darüber zu reden. Aber die ganze Zeit wusste ich, dass er daran dachte und es von mir erwartete.

Schließlich fragte er mich wieder und zuerst sagte ich okay, aber dann änderte ich meine Meinung, als ich meine Mutter auf der Treppe herumlaufen hörte. Ich sagte ihm, ich würde es erst tun, wenn wir alleine wären. Drei Wochen später fuhren seine Eltern übers Wochenende weg. Ich ging zu ihm und es war offensichtlich, was er erwartete, aber sobald wir anfingen uns auf seinem Bett zu küssen und zu umarmen, wusste ich, dass ich es nicht tun konnte.

Es war furchtbar. Er beschimpfte mich und sagte, ich sei gemein und hätte ihn an der Nase herumgeführt. Ich konnte es nicht mehr ertragen und schloss mich schließlich eine Ewigkeit im Badezimmer ein. Unsere Beziehung war so gut gewesen, aber wegen Sex (oder eher, weil ich keinen wollte) war alles kaputtgegangen und wir schrien einander nur an.

Karen

Was hättest du an Karens Stelle getan? Hättest du deinem Freund sagen können, dass du noch keinen Sex willst? Karen liebte ihren Freund und wollte ihn nicht verärgern. Sie konnte deshalb nicht ehrlich mit ihren eigenen Wünschen umgehen. Sie wusste, dass sie noch keinen Sex haben wollte, aber sie hatte zu viel Angst, es ihm zu sagen, weil sie fürchtete, er würde sie verlassen. Das Ergebnis war, wie du sehen kannst, eine Katastrophe.

Es gibt keinen einfachen Ausweg aus dieser Situation, aber es wäre für Karen vielleicht besser gewesen, frühzeitiger ehrlich zu sein. Sie hätte sagen können, dass sie noch keinen Sex haben wolle, und zwar unter anderem deshalb, weil sie sich von ihrem Freund unter Druck gesetzt fühle. Zu sagen: »Ich brauche mehr Zeit, um mich zu entscheiden, und ich kann es nicht, wenn ich unter Druck bin«, ist nicht so schwierig. Wenn du es so erklärst, wird für den Partner deutlich, dass er sich ein wenig zurücknehmen muss, um dir Zeit zu geben.

Wenn du unter Druck bist, aber nicht weiter gehen willst

Lass dich nicht auf gefühlsmäßige Erpressung ein. Vergiss nicht, dass jemand, der dich wirklich liebt, auch wartet, bis du bereit bist.

Finde heraus, was dein Partner über Verhütung denkt. Seine Haltung kann dir eine Ahnung vermitteln, was er sich wirklich aus dir macht – im Gegensatz dazu, einfach Sex zu wollen.

Ob du Sex haben willst, solltest immer DU entscheiden, und niemand hat das Recht, dich dazu zu drängen.

1. Lass dir Zeit!
2. Sprich über Sex!
3. Wenn du immer noch Zweifel hast, sag Nein!

5

Dass mir das passieren konnte

Was tun bei ungewollter Schwangerschaft?

»16 Prozent der Jungen und 11 Prozent der Mädchen trafen bei ihrem ›ersten Mal‹ keine Vorsorge zur Schwangerschaftsverhütung.« (Aus der Studie Jugendsexualität 98)

Warum passiert es überhaupt?

Warum werden so häufig ganz junge Frauen schwanger? Vielen passiert es schon beim ersten und einzigen Mal Sex. Vielleicht hatten sie an das Märchen geglaubt, dass es beim ersten Mal nicht zu einer Schwangerschaft kommen könne (glaub mir, es ist ein Märchen), oder nicht damit gerechnet, dass die Beziehung sich so schnell in diese Richtung entwickeln könnte. Ganz sicher denken viele, es sei nicht so schlimm, es ein- oder zweimal ohne Schutz zu tun. Aber sie haben nicht mit Mutter Natur gerechnet. Weibliche Teenager erleben die fruchtbarste Zeit ihres Lebens und eine Sechzehnjährige, die etwa in der Mitte ihrer Menstruationsperiode ungeschützten Sex hat (das heißt in ihrer fruchtbarsten Zeit), hat eine Chance von 70 Prozent, dass es schon beim ersten Mal »klappt«. Das ist ziemlich krass, nicht wahr?

Andere lassen sich »hinreißen« und haben Sex ohne Schutz, weil das sexuelle Verlangen über die kühle Vernunft siegt und sie die Kontrolle verlieren. Der typische Teil dieser Briefe an mich hört sich dann so an: »Wir gingen auf eine Party, haben etwas getrunken und eins führte zum anderen...« Leider führt eins oft zum anderen – und das Ergebnis ist in der Regel eine Menge Unglück.

Es gibt auch Mädchen, die ihrem Freund glauben, wenn er sagt, alles sei in Ordnung. Die Jungen wollen ja eigentlich nicht richtig lügen, aber wie wir wissen, haben sie Angst, das Gesicht zu verlieren, also geben sie ihr Unwissen nicht zu. Wer würde es nicht gerne glauben, wenn die Kumpels erzählen, dass das erste Mal immer sicher ist oder dass nichts passieren kann, wenn sie ihren Penis schnell herausziehen? Leider ist es wahrscheinlich, dass du ihnen ebenfalls glaubst, denn schließlich bist du verliebt und sie behaupten es so voller Überzeugung, dass es doch zutreffen muss. Und schon beginnt der Ärger.

Für die meisten Mädchen gibt es keine verlässliche »sichere« Zeit für Sex, da ihr Menstruationszyklus und der Eisprung (das heißt, wenn das Ei wandert) unregelmäßig sind. Und Sex ohne Verhütung führt in den meisten Fällen früher oder später zur Schwangerschaft.

Manchmal wird zwar verhütet, aber es geht etwas schief. Kondome sind eine gute Methode, doch sie können schon mal reißen. Es ist entscheidend, sie richtig überzuziehen und zu vermeiden, mit scharfen oder eingerissenen Nägeln zu hantieren, und dann gibt es natürlich einfach Jungs, die schlecht damit zurechtkommen. Auch die Pille ist eine sichere Methode, aber wenn du krank bist oder kurz nach der Einnahme Durchfall hast oder wenn du betrunken bist und dich auf einer Party übergibst, schützt sie nicht hundertprozentig. Manche Antibiotika vertragen sich nicht damit, also ist es eine gute Idee, dem Arzt/der Ärztin zu sagen, dass du die Pille nimmst, wenn du ein Mittel verschrieben bekommst.

Wenn du schwanger bist – aus welchem Grund auch immer –, geht es vor allen Dingen darum, was du unternimmst.

Zu viele Mädchen stecken den Kopf in den Sand. Sie wissen, dass es möglicherweise passiert ist, aber sie haben zu viel Angst, sich auch nur hinzusetzen und auszurechnen, wann ihre letzte Periode war. Sie wollen weder der Möglichkeit ins Auge sehen, noch dass jemand davon erfährt – als ob das Problem von selbst verschwände, wenn man so tut, als existiere es nicht. Leider funktioniert das absolut nicht.

Als ich für ein anderes Buch Recherchen anstellte, sprach ich mit einer Ärztin, die in der Notaufnahme des Ortskrankenhauses arbeitete. Sie erzählte mir die unglaubliche Geschichte eines Mädchens, das von seiner Mutter mit starken Bauchschmerzen ins Krankenhaus gebracht wurde. Die Mutter gab an, ihre Tochter habe Blinddarmentzündung oder ein Magengeschwür oder irgend so was, dabei war ganz offensichtlich, dass sie Wehen hatte. Sie kam in eine Kabine, deren Bett mit einem Vorhang vom Stuhl getrennt war, auf dem ihre Mutter saß. Die Wehen wurden heftiger und schmerzhafter und sie biss sich auf die Lippen, um nicht zu schreien, aber sie sagte nur immer wieder: »Bitte sagen Sie meiner Mutter nicht, was los ist.« Schließlich hatte sie das Kind geboren und wollte immer noch nicht, dass ihre Mutter davon erfuhr. Das Bestürzende ist, dass die Mutter auf der anderen Seite des Vorhangs ihre Tochter stöhnen und dann das Baby schreien hörte, aber immer noch so tat, als ob nichts davon mit ihr oder ihrer Tochter zu tun hätte. Auch Eltern können ziemlich gut den Kopf in den Sand stecken!

Dani war 16 und über vier Monate schwanger, als sie mir schrieb.

Ich ging zum Arzt, um einen Schwangerschaftstest machen zu lassen, als meine Periode über einen Monat ausgeblieben war, aber ich ging nicht mehr hin, um mir das Ergebnis zu holen. Ich erzählte meinem Freund davon und es schien ihm nichts auszumachen, aber meinen Eltern kann ich es einfach nicht erzählen. Nicht, dass sie so streng sind, aber sie lassen sich ständig darüber aus, dass die Eltern schuld sind, wenn Mädchen schwanger werden. Ich weiß einfach nicht, was ich tun soll. Meine Eltern wissen nicht einmal, dass ich einen Freund habe, und das macht die Sache noch schlimmer. Mein Vater wird total sauer, wenn ich es ihm erzähle, nicht nur das mit mir, sondern auch mit meinem Freund, also rate mir bitte nicht, es meinen Eltern zu erzählen. Ich frage mich auch, ob es schon zu spät für eine Abtreibung ist?

Dani war in einer aussichtslosen Lage, denn als ich ihren Brief bekam, war es sicher schon zu spät, als dass sie noch einen Abbruch hätte in die Wege leiten können (mehr darüber später und in Kapitel 9, »Dein gutes Recht«). Sie hatte sich viel zu lange Zeit gelassen, um ihre Situation zu klären, und vor allem hat sie sich einem großen Risiko ausgesetzt, indem sie sich während ihrer Schwangerschaft nicht ärztlich beraten ließ. Es ist ein weit verbreiteter Irrtum zu denken, dass man erst zum Arzt geht, wenn man bereit ist zu entscheiden, ob man das Baby bekommen oder die Schwangerschaft abbrechen will. Zwar verlaufen die meisten Schwangerschaften unkompliziert, aber es kann auch mal etwas schief gehen.

Deshalb ist es wichtig, dass du zu einem Arzt/einer Ärztin oder zumindest zur Familienberatungsstelle gehst, *sobald du glaubst schwanger zu sein*. Es ist leicht, sich wie Dani zu verhalten und es noch einen Tag aufzuschieben und dann noch eine Woche und noch eine, aber egal, wie du dich bei dem Gedanken an ein Baby fühlst, du könntest dein Leben in Gefahr bringen.

Carrie war 16 und hatte mit einigen Jungen Sex, ohne ein Kondom zu benutzen oder anderweitig zu verhüten. Sie machte sich nie Sorgen, dass sie schwanger werden könnte, bis die Katastrophe eintrat.

Carries Geschichte

Ich war mit einer Freundin an einem Montagabend weggegangen und hatte dann die Nacht bei ihr verbracht, damit meine Mutter nicht herausfand, dass ich Alkohol getrunken hatte. Am nächsten Morgen war mir übel und ich schob es auf einen schlimmen Kater. Dann stand ich auf und brach zusammen. Ich schaffte es gerade noch, nach Hause zu kommen, aber mir ging es furchtbar. In der nächsten Nacht hatte ich fürchterliche Schmerzen. Am Morgen ging ich zum Arzt und musste sofort ins Krankenhaus.

Der Grund: Ich war schwanger und der Embryo steckte in meinem linken Eileiter. Hätte ich noch einen Tag länger gewartet, wäre ich daran gestorben. Ich hatte eine Notoperation und musste eine Woche im Krankenhaus bleiben, aber jetzt geht es mir Gott sei Dank gut. Natürlich hat meine Mutter dann alles erfahren und ich muss sagen, dass sie sich toll verhalten hat. Wir haben es niemand anderem erzählt.

Die ganze Sache hat mir eine Menge Schmerzen eingebracht und ich habe jetzt ein wenig Angst davor, Sex zu haben, auch mit Verhütung. Das heißt wohl, dass man ohne Kondom oder irgendwas keinen Sex haben sollte, denn es ist die Schmerzen, die ich durchgemacht habe, einfach nicht wert.

Was Carrie passiert ist, wird Eileiterschwangerschaft genannt. Dabei bleibt ein befruchtetes Ei auf dem Weg in die Gebärmutter in einem der beiden Eileiter stecken. Es wächst dort auf engstem Raum, was Schmerzen verursacht und schließlich innere Blutungen. Das ist sehr gefährlich und äußerst schmerzhaft und Carrie hat großes Glück gehabt, dass sie noch am Leben ist. Hätte sie sich den Zeitpunkt ihrer Monatsblutungen aufgeschrieben und demnach vermutet, dass sie schwanger war, hätte sie rechtzeitig medizinischen Rat suchen können und man hätte diese Eileiterschwangerschaft früher festgestellt.

Eine Schwangerschaft vergeht nicht von allein, nur weil man sie ignoriert. Den Kopf in den Sand zu stecken, hilft hier nichts. Wie auch immer du in diese Situation geraten bist, jetzt *musst* du dich darum kümmern.

Was tun, wenn du denkst, du könntest schwanger sein?

Schritt 1: Es ist vielleicht noch nicht zu spät, Verhütungsmittel zu benutzen!
Wenn du ungeschützt Sex hattest oder in der kritischen Zeit etwas mit der Verhütung schief gegangen ist, brauchst du nicht nägelkauend darauf zu warten, ob deine nächste Menstruation ausbleibt.

Die Pille danach
Die Pille danach ist keine Verhütungsmethode, sondern eine Notbremse, wenn du die Verhütung einmal vergessen hast oder zum Beispiel ein Kondom geplatzt ist. Sie muss spätestens 48 Stunden nach dem Geschlechtsverkehr eingenommen werden und muss ärztlich verschrieben werden, denn sie ist ein sehr hoch dosiertes Hormonpräparat mit entsprechenden Risiken und Nebenwirkungen. Richtig angewendet verhindert diese Pille, dass ein befruchtetes Ei sich in deiner Gebärmutter einnistet und sich zu einem Baby entwickelt.

Schritt 2: Stell fest, ob du wirklich schwanger bist
Das erste Anzeichen einer Schwangerschaft ist normalerweise eine verspätete oder ausbleibende Menstruation. Aber natürlich kannst du dies nicht als Warnzeichen erkennen, wenn du dir deine Monatsblutungen nicht aufzeichnest oder sie sowieso nur unregelmäßig hast. Es gibt viele weitere Symptome für eine Schwangerschaft, aber sie sind von Frau zu Frau unterschiedlich und viele treten erst nach eini-

ger Zeit auf. Viele Frauen stellen fest, dass sie besonders müde sind und bestimmtes Essen, Alkohol oder Zigaretten nicht mehr vertragen. Aber es ist auch möglich, sich eine Schwangerschaft einzubilden, die gar nicht besteht.

Ich bin sechzehn und treffe mich seit etwa acht Monaten heimlich mit einem Zwanzigjährigen. Wir haben eine tolle Beziehung und ich liebe ihn sehr. Wir haben zweimal miteinander geschlafen und beide Male ein Kondom benutzt. Meine Periode kommt normalerweise sehr regelmäßig, aber seit ich mit ihm geschlafen habe, bin ich zwei Wochen überfällig. Besteht die Möglichkeit, dass ich schwanger bin, obwohl wir ein Kondom benutzt haben? Mein Bauch ist angeschwollen und meine Brüste sind größer geworden. Sind dies Anzeichen einer Schwangerschaft? Ich hatte etwas Ausfluss, aber nicht so viel wie sonst. Ich esse seit etwa zwei Monaten sehr unregelmäßig. Könnte dies vielleicht etwas damit zu tun haben, dass meine Periode nicht kommt?

Melanie

Wenn Melanie und ihr Freund beide Male ein Kondom benutzt haben – und zwar richtig –, ist sie wahrscheinlich nicht schwanger. Stress und Sorgen (und sie macht sich offensichtlich Sorgen) können die Menstruation oft verzögern und auch plötzlich veränderte Essgewohnheiten sowie Gewichtsverlust oder -zunahme können sie zeitweise unterbrechen. Vor der Menstruation fühlen wir uns oft ein wenig aufgebläht und haben empfindliche Brüste und wenn sie um ein oder zwei Wochen verspätet kommt, können solche prämenstruellen Symptome noch stärker werden. Also brauchen die von Melanie genannten Symptome durchaus nicht auf eine Schwangerschaft hinzuweisen – aber sie wird es erst genau wissen, wenn sie einen Test gemacht hat. Und bis dahin wird sie sich weiter Sorgen machen.

Einen Schwangerschaftstest kannst du vom ersten Tag an machen, an dem deine Periode fällig ist. Es gibt diese Tests ohne Rezept in der Apotheke. Am besten kaufst du dir einen, der dir das Ergebnis in wenigen Minuten anzeigt und der auch nicht gleich als Erstes am Morgen gemacht werden muss. So kannst du ihn in aller Ruhe machen, ohne dass die ganze Familie an die Badezimmertür hämmert.

Noch besser wäre es, zu deiner Frauenärztin zu gehen und sie um einen Test zu bitten. So bekommst du auch gleich die nötigen Ratschläge, egal, wie das Resultat ausfällt. Viele Mädchen haben Angst, in dieser Lage zum Arzt zu gehen, weil sie fürchten, er oder sie könnte es ihren Eltern sagen, aber es geht in erster Linie um dich, und egal, was du besprichst, es bleibt unter euch. Ohne deine Einwilligung wird nichts, gar nichts, an deine Eltern weitergegeben.

Falls du den geringsten Zweifel hast, solltest du fragen, ob das Gespräch vertraulich behandelt wird.

Schritt 3: Bitte um Hilfe

Carries Geschichte von weiter vorne zeigt, wie gefährlich es sein kann, sich nicht bereits in einem frühen Stadium der Schwangerschaft medizinisch beraten zu lassen. Wenn du feststellst, dass du schwanger bist, ist es sehr, sehr wichtig, es sobald wie möglich jemandem zu erzählen, dem du vertrauen kannst. Dein Freund ist wahrscheinlich der Erste, an den du dich wendest, aber vergiss nicht, dass es für ihn – egal, wie sehr er dich liebt – ein ziemlicher Schock sein könnte. Dadurch ist er vielleicht nicht in der Lage, dir die Unterstützung zu bieten, die du brauchst. Es deiner Mutter oder einer anderen erwachsenen Person zu erzählen, kommt dir vielleicht anfänglich wie das Ende der Welt vor, und zugegeben reagieren manche Eltern ziemlich herzlos in Krisenmomenten. Aber die meisten Familien (besonders Mütter) erweisen sich schließlich doch als große Hilfe.

Ellens Geschichte

Ich glaube, ich wusste von Anfang an, dass ich schwanger war. Mein Freund und ich hatten seit etwa sechs Wochen Sex und wir benutzten normalerweise ein Kondom, aber einmal hatten wir keine mehr und dachten, einmal sei nicht so schlimm. Praktisch sofort danach begann ich mir Sorgen zu machen, und als meine Periode ausblieb, war es fast eine Erleichterung zu wissen, dass sie sich bewahrheiteten. Ich tat einige Wochen gar nichts, erzählte es nicht mal meinem Freund. Aber als die Periode dann zum zweiten Mal ausblieb, ging ich in eine Apotheke und kaufte mir einen Schwangerschaftstest. Ich machte ihn zu Hause und natürlich war er positiv.

Mein erster Gedanke war, wie um Himmels willen ich das meiner Mutter beibringen sollte. Ich wusste, dass es ihr das Herz brechen und sie auch ziemlich sauer werden würde. Die Tochter einer ihrer Freundinnen war kürzlich schwanger geworden und meine Mutter sprach dauernd darüber, wie furchtbar das sei und dass sie mich und meine Schwester umbringen würde, wenn uns das jemals passieren sollte. Aber ich hatte auch Angst vor der Zukunft und wusste, dass sie es früher oder später doch entdecken würde und dass sie dann denken könnte, ich hätte es ihr nicht sagen können, fand ich noch schlimmer. Also sagte ich eines Abends, als ich ihr nach dem Abendessen das Geschirr abzuräumen half: »Mum, ich muss dir etwas sagen.« Ich glaube, sie erriet es auf der Stelle, denn sie setzte sich und wurde richtig blass.

Als ich es ihr erzählte, dachte ich zuerst, sie würde mir eine Ohrfeige verpassen, aber stattdessen sah sie mich nur einige Sekunden lang an, dann umarmte sie mich ganz fest und wir brachen beide in Tränen aus. Sie war toll. Sie ist enttäuscht, aber ich weiß nicht, wie ich es ohne sie geschafft hätte. Sie sagte es meinem Vater und dem Rest der Familie und hat mich vor ihm in Schutz genommen. Gleich am nächsten Tag ist sie mit mir zum Arzt gegangen und hilft mir jetzt zu überlegen, was ich als Nächstes tun soll.

Ellen, 16

Suzannes Geschichte

Letzten Sonntag habe ich einen Freund besucht, der früher in meiner Nähe wohnte. Er ist nett und wir kommen gut miteinander aus. Seine Eltern waren in Urlaub, also führte eins zum anderen und wir haben miteinander geschlafen. Die Sache ist die, obwohl wir ein Kondom benutzten, habe ich Angst, ich könnte schwanger geworden sein, denn danach lagen wir nebeneinander und irgendwie passierte es wieder und diesmal war kein Kondom drauf.

Ich fühlte mich so schrecklich, dass ich alles meiner Mutter erzählte, als ich nach Hause kam. Sie ist wirklich klasse, was diese Sachen mit Sex und so betrifft, sie kauft mir sogar Kondome! Sie sagte, dass sie sich darum kümmern würde, es gäbe ja noch die Pille danach, und dass ich mir keine Sorgen machen solle.

Suzanne

Ellen hatte Angst, es ihrer Mutter zu erzählen, war aber überrascht herauszufinden, wie sehr sie von ihr unterstützt wurde. Suzanne wusste bereits, dass ihre Mutter ihr helfen würde, egal, was passierte. Aber nicht alle Eltern werden so reagieren. Du kennst deine Eltern am besten, und wenn du wirklich das Gefühl hast, es ihnen nicht erzählen zu können, dann sprich mit deiner Ärztin oder jemandem bei einer Beratungsstelle. Sie werden in der Lage sein, dir zu helfen, und können auch als Vermittler fungieren, vielleicht sogar deinen Eltern die Nachricht beibringen – wenn du das willst. Hab keine Angst, dass sie losgehen und es ohne deine Erlaubnis weitererzählen, denn sie müssen immer zuerst dich fragen. Deine seelische und körperliche Gesundheit hat für sie Vorrang, also werden sie alles tun, was in ihrer Macht steht, um es dir einfacher zu machen.

Schritt 4: Triff die Entscheidungen selbst

Es wäre unfair von mir und auch nutzlos, so zu tun, als ob es bei einer Schwangerschaft einfache Entscheidungen gäbe. Erstens fühlst du dich oft ziemlich schlecht und zweitens wirst du wahrscheinlich so viele verschiedene Meinungen dazu hören, was du tun solltest, wie Leute um dich rum sind. Manche Eltern sind absolut gegen Abtreibung, andere dagegen vertreten die Ansicht, das Kind zur Welt zu bringen, könnte dein Leben ruinieren, und wollen dich mehr oder weniger sofort zur Abtreibung überreden.

Dazu kommt noch, dass du nur relativ kurz Zeit hast, um dich zu entscheiden, denn ein Abbruch ist umso leichter, je früher du die Entscheidung triffst (die meisten Abbrüche erfolgen in den ersten zwölf Schwangerschaftswochen). Vergiss nicht, dass die Schwangerschaft vom ersten Tag deiner letzten Periode an gerechnet wird – also nicht vom Zeitpunkt an, wann du Sex hattest. Bis du herausfindest, dass du schwanger bist, ist dann so viel Zeit vergangen, dass dir nur ein paar Wochen zum Handeln bleiben (Näheres hierzu im Kapitel 9, »Dein gutes Recht«).

Tja, und jetzt raten dir deine Eltern vielleicht das eine und dein Freund etwas ganz anderes, was du tun solltest, dabei willst du nichts anderes, als dich in einem kühlen, dunklen Raum hinlegen. Wie um Himmels willen kannst du da zu einer Entscheidung kommen? Nun, es gibt sehr gute Beratungsstellen wie Pro Familia oder die städtischen Familienberatungsstellen oder Erziehungsberatungsstellen. Lass dich nicht vom Namen »Familien«-Beratungsstelle abschrecken. Hier gibt es meist Ansprechpartnerinnen, die sich auf Schwangerenberatung spezialisiert haben. Sie können dir auch den (in Deutschland) für einen Schwangerschaftsabbruch nötigen Beratungsschein ausstellen, doch sie werden dich keinesfalls zu einem Abbruch drängen. Sie helfen dir in erster Linie erst einmal, das Für und Wider zu erörtern, und erklären dir, welche Hilfe du erhalten könntest, wenn du dich entscheidest, das Baby zu bekommen. Dies hilft dir deine eigenen Gedanken von den Wünschen aller anderen zu unterscheiden, damit du eine Chance hast, deine eigene Entscheidung zu treffen.

Nicht nur die Eltern versuchen die Entscheidung für dich zu treffen. Auch der Freund kann ziemlich unerwartet reagieren. Theoretisch und gesetzlich hat ein Mann keine Entscheidungsbefugnis, ob seine schwangere Partnerin einen Abbruch vornehmen lässt oder nicht, aber das hält die Jungs nicht davon ab, sehr starke Gefühle zu entwickeln und ihre Ansichten nachhaltig zu vertreten. Wenn du schwanger bist und dich sowieso schon sehr verletzlich fühlst, kann das sehr schwer wiegen.

Lornas Geschichte

Mein Freund und ich waren schon eineinhalb Jahre zusammen, als ich entdeckte, dass ich schwanger war. Ich hatte vorher schon ein-

mal einen falschen Alarm und es ihm nicht gesagt, aber diesmal wusste ich, dass er es erfahren musste. Wir waren ein gutes Paar und ich war der Meinung, das werde andauern, also dachte ich wahrscheinlich, dass wir das Baby einfach bekommen und dann sehen würden, wie wir klarkommen. Als ich es ihm erzählte, fing er sofort an laut darüber nachzudenken, wie viel eine Abtreibung kosten würde und was er gespart hatte. Ich konnte es nicht glauben. Ich sagte ihm, dass ich das Baby behalten wolle, und das fand er wiederum unglaublich. Wir redeten und redeten und schließlich war er einverstanden und sagte, er würde zu mir stehen, aber von diesem Tag an begann es komisch zu werden.

Er war dauernd beschäftigt und schien zu vergessen, mich anzurufen, bis er schließlich, als ich im dritten Monat schwanger war, eines Abends vorbeikam, und anfing zu weinen und sagte, er wollte, dass es zwischen uns wieder so wäre wie vorher, und er könne den Gedanken einfach nicht ertragen, dass wir ein Kind bekämen. Er bettelte mich um eine Abtreibung an, damit wir wieder von vorne anfangen und vielleicht irgendwann in der Zukunft Kinder haben könnten. Ich fühlte mich so schrecklich, dass ich zustimmte und am nächsten Tag zu einem Arzt ging, um eine Abtreibung in die Wege zu leiten. Der Termin dafür war zehn Tage später und während der Zeit war er wirklich lieb zu mir, ging mit mir aus, brachte mir Blumen mit usw., aber ich fühlte mich einfach furchtbar.

Der Tag kam und er fuhr mich in die Klinik, dort brachten sie mich zu meinem Bett. Da fing ich an zu weinen und konnte nicht mehr aufhören, und als sie kamen, um mich für die Operation vorzubereiten, wusste ich, dass ich es nicht tun konnte, und ich sagte es ihnen. Sie waren echt nett und brachten mich in ein Zimmer, wo ich allein sein konnte. Dann kam jemand und redete mit mir darüber. Sie versuchten nicht, mich zu irgendetwas zu drängen, und ich rief mir ein Taxi und fuhr nach Hause.

Als ich es meinem Freund erzählte, konnte er es nicht glauben. Er sah aus, als wolle er mich anschreien, dann drehte er sich um und ging hinaus. Ich versuchte danach ihn anzurufen, aber er wollte nichts mehr mit mir zu tun haben, und ich sah ihn nicht wieder, bis ich mein kleines Mädchen zur Welt gebracht hatte. Meine Eltern waren großartig, meine Mutter war während der Geburt bei mir und wahrscheinlich hat sie ihn danach angerufen.

Er kam in die Klinik und stand neben dem Bett, sagte Hallo und wie hübsch das Baby sei und sah eigentlich sehr zufrieden mit sich aus. Er sagte, er würde mich besuchen, wenn ich zu Hause sei, aber drei Monate sind vergangen und ich habe nichts mehr von ihm gehört. Kürzlich war ich mit dem Baby unterwegs, und als er uns sah, ging er auf die andere Straßenseite. Ich schätze, das war's dann wohl – meine Tochter wird keinen Vater haben, aber sie hat eine Mutter und Großeltern, die sie wirklich lieben.

Lorna, 17

Carol war 21, als sie schwanger wurde, und erlebte etwas völlig anderes. Sie hatte ihren Partner Paul durch ihre Schwester kennen gelernt, als sie nach London zog, um dort zu arbeiten, und obwohl er um einiges älter war, schien er ein idealer Partner. Sie gingen einige Monate miteinander, dann kündigte Carol ihren Job, trat in Pauls Firma ein und zog mit ihm zusammen.

Carols Geschichte

Es lief eine Weile recht gut, bis ich entdeckte, dass ich schwanger war. Es störte mich, dass Paul mir keine Zeit ließ, mir über alles klar zu werden. Ich hatte das Gefühl, in eine Falle zu gehen. Meine Eltern wussten noch gar nicht, dass ich mit ihm zusammen war, und ich brauchte Zeit, um es ihnen zu erzählen.

Paul war um einiges älter als ich und kam aus einer ziemlich wohlhabenden Familie. Er lehnte es strikt ab, dass »sein Kind« unehelich geboren wurde, und so bereitete er die Hochzeit vor. Wir heirateten und danach fühlte ich mich total ausgeliefert und lehnte das Baby ab, das ich erwartete. An Heiligabend lief ich davon und fuhr in den Norden. Meine Eltern wussten immer noch nichts und ich konnte meine Schwangerschaft verbergen. Im Februar brachte ich einen Sohn zur Welt, den ich Paul überließ.

Letztes Jahr wurden wir geschieden. Paul bekam seinen Sohn und trotz Schmerz und Hass, Bitterkeit, Selbstvorwürfen und der Häme von Seiten anderer Leute weiß ich dennoch, dass Paul und ich so besser dran sind. Viele denken, dass es kaltherzig von mir war, meinen Sohn aufzugeben, aber sie wissen einfach nichts und können nicht nachempfinden, wie ich mich fühlte.

Carol

Schritt 5: Lass dir unbedingt helfen

Welche Entscheidung du auch triffst, es wird auf jeden Fall ziemlich schwierig werden und deshalb sieh zu, dass du so viel Hilfe und Unterstützung bekommst wie nur möglich. Eine Abtreibung mag manchen als einfache Lösung erscheinen, aber sie ist traumatisch und viele Frauen fühlen sich danach für lange Zeit deprimiert. Wenn deine Familie oder dein Freund dafür waren, wollen sie danach vielleicht einfach alles unter den Teppich kehren und so tun, als sei nichts passiert. Sie erwarten womöglich, dass du mitmachst und froh und glücklich bist, während du nur noch weinen könntest.

Das ist für die anderen schwer zu verstehen. Umso wichtiger, dass du die Möglichkeit hast, mit jemand zu reden, der dir nachfühlen kann. Auch hier kannst du zu den vorhin bereits – und im Kapitel »Hilfe« – genannten Beratungsstellen gehen.

Viele Mädchen finden es schwierig, nach einem Abbruch ihre sexuelle Beziehung wieder aufzunehmen, denn sie bringen Sex mit den erlittenen – seelischen wie körperlichen – Schmerzen in Verbindung. Oft ändert es sich bei liebevoller Zuwendung, aber wenn es anhält, solltest du mit einer Beraterin über deine Beziehung und die Gefühle reden, die du sonst vielleicht verbirgst. Wenn du möchtest, dass dein Partner dir mehr Zeit gibt, dann sag es ihm um Himmels willen auch. Männer sind nicht die besten Gedankenleser und sie wissen nicht, was du durchmachst, solange du es ihnen nicht sagst.

Das Baby zu bekommen, ist natürlich auch keine leichte Entscheidung. Ob du es behältst oder ob du es zur Adoption freigeben willst – du wirst unter großem Druck stehen und dich plötzlich ganz anders fühlen. Aber noch einmal: Hab keine Angst, um Hilfe zu bitten. Wenn du das Baby behältst, kann dir die Familienberatungsstelle mit Rat und Tat zur Seite stehen (siehe dazu Kapitel 9 und die Adressen im Kapitel »Hilfe«).

Ich war gerade 16 geworden, als ich mein Baby bekam, und ich hatte bereits beschlossen, von der Schule abzugehen. Zuerst dachte ich, ich bleibe einfach zu Hause, aber meine Mutter war toll und sagte, dass sie sich um das Baby kümmern würde, während ich meinen Schulabschluss mache. Es war nicht leicht, weil ich trotzdem nachts aufstehen und nach Jonathan sehen musste, wenn er aufwachte, und so war ich die ganze Zeit müde, aber ich weiß, dass ich es ohne die Unterstützung meiner Mutter nie geschafft hätte.

Miranda

Eine Abtreibung kam für mich nie in Frage. Aber ich wusste auch, dass ich mit dem Kind nicht zu Hause bleiben konnte. Ich war mit meinem Stiefvater nie besonders gut ausgekommen und musste das Zimmer bereits mit einem meiner jüngeren Brüder teilen.

Zuerst dachte ich, ich könnte eine Sozialwohnung bekommen, aber ich war ziemlich unsicher und wusste nicht genau, was ich tun sollte.

Dann bin ich zum Sozialamt und man vermittelte mir eine Sozialunterkunft und da bin ich jetzt mit meiner kleinen Tochter immer noch. Zuhause kann man das ganz bestimmt nicht nennen. Wir haben ein winziges Zimmer und teilen uns ein Klo und eine Küche mit einer Menge anderer Familien, manche haben sogar vier oder fünf Kinder. Ich versuche so oft wie möglich mit der Kleinen rauszukommen, aber wenn das Wetter schlecht ist, sitzen wir einfach fest. Ich hab nicht mal das Geld für den Bus, um meine Mutter öfter als einmal die Woche besuchen zu können.

Rowena

Natürlich gibt es kein automatisches Sicherheitsnetz, das junge, allein erziehende Mütter und ihre Kinder auffängt. Du musst dich schon überwinden und um Hilfe bitten. Ganz bestimmt wird man dir nicht einfach so die Schlüssel zu einer tollen Wohnung anbieten und manche Mädchen in dieser Situation finden sich mit einem Mal in ziemlich schwierigen Umständen vor. Sie wollten vielleicht unbedingt von zu Hause wegkommen, aber das wirkliche Leben als allein erziehende Mutter ist dennoch ein Schock. Sich im Ämterdschungel zurechtzufinden, ist auch nicht gerade leicht und deshalb ist es so wichtig, dass du jede Hilfe annimmst, die dir angeboten wird. Für weitere Informationen siehe Kapitel 9, »Dein gutes Recht«.

Wenn du denkst, du könntest schwanger sein

Die Pille danach ist bis zu 48 Stunden nach ungeschütztem Sex einzunehmen.

Einen Schwangerschaftstest kannst du vom ersten Tag an machen, an dem deine nächste Menstruation fällig ist. Rezeptfrei zu kaufen in Apotheken oder auf Krankenschein bei deiner Frauenärztin.

Wenn du schwanger bist, ist es wichtig, dass du dich so bald wie möglich jemandem anvertraust. Deine Frauenärztin könnte dir unter anderem helfen es deinen Eltern beizubringen.

Es mag schwer sein, wenn alle rundum dir erzählen, was sie denken, dass du tun solltest, aber DU bist diejenige, die die Entscheidungen treffen muss.

Welche Entscheidung du auch triffst, es wird schwierig werden, also nimm jede Hilfe an, die du kriegen kannst. Schau hierzu auch in Kapitel 9 nach!

1. Es ist vielleicht noch nicht zu spät für eine »Notbremse«.
2. Stell fest, ob du wirklich schwanger bist.
3. Bitte um Hilfe!
4. Triff die Entscheidungen selbst!
5. Lass dir unbedingt helfen!

6

Festgefahren

Gefühlsmäßige Erpressung und die Furcht vor Einsamkeit

Als ich dieses Buch schrieb, graute mir zusehends vor diesem Kapitel, denn ich befürchtete schon, meine zynische Ader könnte dabei die Oberhand gewinnen. Dieses Kapitel handelt davon, warum wir miserable, deprimierende Beziehungen aufrechterhalten, besonders aber davon, wie man den Mut findet, sie zu beenden.

Also, hier der zynische Teil. Überblättere den nächsten Absatz, wenn du total verliebt und überzeugt bist, dass dir nie etwas Schlimmes passieren wird. Aber nach meiner Erfahrung entspricht das, was ich darin zu sagen habe, leider der Wahrheit.

Das Leben ist kein Märchen. Wir wachsen vielleicht mit dem Gedanken auf, es wie Aschenputtel und der Prinz machen zu können, die fortan glücklich auf ihrem Schloss lebten, aber wenn wir nicht lernen, unsere Beziehungen etwas realistischer einzuschätzen, werden wir wahrscheinlich sehr unglücklich werden.

Liebe ist wundervoll. Sie bringt Menschen zusammen und

lässt die ganze Welt plötzlich erstrahlen. Aber die Zeit bleibt nicht stehen. Menschen werden älter und verändern sich und dies bringt selbst die beste Beziehung ins Wanken. Wenn die Basis stimmt, wird sich auch die Beziehung verändern und dadurch noch stärker werden. Doch selbst dann gibt es schlimme Momente und auch das glücklichste Paar wird über die Jahre schon mal daran gedacht haben, sich zu trennen. Was es zusammenhält, ist wahrscheinlich das Wissen, dass das Gute das Schlechte überwiegt. Auch wenn es deswegen noch lange nicht immer leicht ist. Bei der Art von Beziehungen jedoch, die ich als Nächstes diskutierten will, überwiegt – zumindest für die eine Seite – das Schlechte das Gute. Sosehr das oft ein Anzeichen dafür ist, dass die Beziehung irgendwann unvermeidlich zu Bruch gehen wird – Schluss zu machen ist niemals leicht.

Tamsins Geschichte

Vor acht Jahren wäre ich beinahe in eine Beziehung gedrängt worden, die ich gar nicht wollte. Ich lernte den Jungen kennen, als ich noch an der Schule war. Wir waren über fünf Jahre zusammen, bis ich 20 war. Er war ganz nett, aber er hatte nichts Besonderes an sich, wie ich bald feststellte. Er wurde irgendwie fast von mir abhängig, da er kaum Freunde hatte, und er beneidete mich um eine Menge Dinge (Freunde, weggehen, Prüfungen für meine Karriere als Sekretärin). Er schmollte viel, weshalb ich oft ein schlechtes Gewissen hatte. Wir verlobten uns, als ich 18 war, schafften es aber nicht, für die Hochzeit oder eine eigene Wohnung zu sparen, sodass wir immer Pläne machten, sie aber nie ausführten.

Je länger die Beziehung so weiterlief, desto mehr bekam ich das Gefühl, in einer Sackgasse zu stecken, und fühlte mich wie gebremst. Sollte so nun unsere ganze Zukunft ablaufen? Ich dachte über seine unreife Missgunst nach und sah mich dauernd nachgeben und mitmachen und praktisch nie mehr etwas allein unternehmen oder irgendwo hingehen – eine gelangweilte, einsame, eingeschüchterte Hausfrau werden. Ich war entschlossen, dass mir das nicht passieren sollte und ich mehr vom Leben wollte. Ich wusste, dass die Beziehung nicht mehr viel brachte, aber es war so schwer, mit ihm Schluss zu machen, weil er sich an mich klammerte und mir ein schlechtes Gewissen verschaffte – und irgendwie liebte ich ihn auch trotz allem noch immer.

Das Problem war, dass meine Familie ihn anbetete. Er blieb manchmal wochenlang und wurde für sie wie ein Bruder oder Sohn. Er konnte einfach nichts falsch machen. Als meine Gefühle für ihn sich änderten, begann ich mich von ihm zurückzuziehen. Ich wurde gereizt, hatte immer weniger für ihn übrig und wusste, dass ich bald etwas unternehmen musste.

Eines Tages hatten wir einen furchtbaren Streit, nur weil ich einen Abend mit meinen Freundinnen verbringen wollte. Glaub mir, ich hasste es, ihn bitten *zu müssen, aber ich brauchte das einfach, einmal nur mit meinen Freundinnen wegzugehen. Ich hatte sie seinetwegen schon viel zu oft im Stich gelassen, dabei war ich immer der Meinung gewesen, dass man Zeit für seine Freunde haben sollte, auch wenn man in einer festen Beziehung ist, also beschloss ich diesmal, mit ihnen wegzugehen. Er war total sauer und stellte mich vor die Wahl zwischen ihm oder meinen Freundinnen. Ich war empört. Es zeigte mir, wie unreif er in Wirklichkeit war. Ich wählte meine Freundinnen und machte noch am gleichen Tag mit ihm Schluss. Ich hatte echt genug.*

Findest du, es war dumm von Tamsin, eine Beziehung nur wegen eines Abends mit Freundinnen aufzugeben? Und was hättest du getan?

Tamsin wusste, dass etwas nicht stimmte. Schließlich hatte sie schon Monate darüber gebrütet, wie sie entkommen könnte, während ihre Familie und ihr Freund die ganze Zeit das Bild der perfekten, rosaroten Beziehung um sie herum aufbauten. Der Abend mit den Freundinnen war nur der Anlass, die Beziehung endlich tatsächlich zu beenden. Aber so leicht ging das nicht und ich erzähle dir später noch ein wenig mehr von Tamsins Geschichte.

Warum halten Leute monatelang, sogar jahrelang, eine Beziehung aufrecht, die ihnen solche Probleme bereitet? Ich denke, dafür gibt es zwei Gründe:

1. Gefühlsmäßige Erpressung
2. Angst vor Einsamkeit

Wie du aus den folgenden Briefen sehen kannst, betreffen diese Probleme beide Geschlechter.

Gefühlsmäßige Erpressung

Ich bin 15 und gehe schon seit über zwei Jahren mit meiner Freundin. Sie ist das einzige Mädchen, mit dem ich je gegangen bin. Ich glaube, dass ich sie liebe, aber in letzter Zeit lief es zwischen uns nicht so gut. Immer wenn wir uns unterhalten, streiten wir irgendwann und meistens soll es dann meine Schuld gewesen sein. Ich habe vorgeschlagen, dass wir uns für eine Weile trennen, aber da hat sie angefangen zu weinen und ich hatte ein schlechtes Gewissen, so etwas überhaupt vorgeschlagen zu haben. Sie sagte, sie könnte ohne mich nicht leben, obwohl ich nur eine Trennung auf Probe vorgeschlagen hatte.

Ich weiß, dass ich sie sehr vermissen würde, wenn wir uns endgültig trennen würden, aber die Beziehung ist irgendwie nicht mehr so wie früher. Dazu sagen all meine Freunde, dass ich verrückt bin, in meinem Alter schon fest mit jemand zu gehen, und dass ich lieber mit ihnen »die Gegend unsicher machen« sollte. Ich fange langsam an zu denken, dass sie vielleicht Recht haben, aber ich bin ganz durcheinander. *Phil*

Ich bin 16 und habe ein großes Problem. Ich gehe mit einem 17-jährigen Jungen, aber ich liebe ihn nicht mehr so wie früher. Er flippt mir gegenüber aus und flucht und macht mir Angst. Er sagt, er macht das nur, weil er mich liebt. Manchmal ist er nett, vor allem vor anderen Leuten, also denken sie alle, er sei super, und halten zu ihm.

Vor ungefähr drei Jahren ging ich ganz kurz mit einem Jungen, der gleich um die Ecke wohnt. In letzter Zeit war ich öfter mit ihm zusammen und habe auch hinter dem Rücken meines Freundes was mit ihm angefangen. Ich mag diesen Jungen wirklich und ich glaube, er mag mich auch und er behandelt mich mit Respekt, anders als mein Freund. Allerdings meint er auch, dass ich meinem Freund vielleicht noch eine Chance geben sollte, aber ich halte es einfach nicht mehr aus.

Ich habe versucht meinem Freund zu sagen, dass ich Schluss machen will, aber es ging nicht, weil er total zusammengebrochen und vor mir auf die Knie gefallen ist und mir das Gefühl gegeben hat, herzlos zu sein. Er sagt, er liebt mich. Ich habe ihm schon massenweise Chancen gegeben, aber er verhielt sich immer wieder wie sonst. Ich weiß nicht, was ich tun soll, weil ich auch nicht mit meiner Mutter reden kann, denn sie findet meinen Freund nett und sagt, der andere Junge wolle uns nur auseinander bringen.

Michelle

Ich hatte immer das Gefühl, ich sei in Beziehungen gedrängt worden. Ich habe schon mit 16 geheiratet, weil ich schwanger war, und es gerade noch geschafft, mich nach sechs Jahren voller Gewalt scheiden zu lassen. Nach ein paar Jahren alleine lernte ich einen anderen kennen, aber er hat sich auch als gewalttätig herausgestellt und es war sehr schwer, von ihm wegzukommen.

Mein dritter und letzter Versuch einer Bindung hat soeben mit einer Scheidung geendet. Dieser Mann hat mich schon vor zwei Jahren verlassen, aber sobald meine Scheidung rechtskräftig war, gingen die Probleme erst richtig los. Mein Exmann lauert mir im Gebüsch auf, wenn ich zur Arbeit gehe. Er sagt, dass er sich umbringt, wenn ich nicht wieder zu ihm zurückkomme. Er rief mich ständig an, sodass ich meine Telefonnummer ändern musste, und ich kann sie jetzt niemandem mehr geben. Er lässt mich nur in Ruhe, wenn ich einverstanden bin, ihn ein paar Mal die Woche zu treffen, und er will einfach nicht akzeptieren, dass ich keine Beziehung mehr mit ihm haben will. Wenn ich versuche ihm klarzumachen, dass er mich erpresst, macht er mir das Leben zur Hölle, bis ich einverstanden bin, zu tun, was er sagt. Ich will nicht nachgeben, aber ich kann gesetzlich nicht viel machen, weil er mich nicht schlägt oder so.

Sandra

All diese Menschen leiden unter den Drohungen und Forderungen ihrer Partner. Würden wir mit diesen reden, bekämen wir wahrscheinlich zu hören, dass sie sich nur so verhalten, weil sie den anderen/die andere lieben. Aber Liebe hat leider nicht die Macht, alles in Gutes zu verwandeln. Damit eine Beziehung erfolgreich ist, müssen die Personen aus freiem Willen dabeibleiben, nicht weil sie Angst davor haben, was geschieht, wenn sie gehen. Es kann sehr schwer sein, das zu akzeptieren, wenn du total verliebt bist und denkst, der andere sollte und würde dich eigentlich auch lieben, wenn du ihm nur den Weg zeigen könntest, denn du hast das Gefühl, dass deine Liebe für euch alle beide genügt, und kannst nicht verstehen, warum der andere nicht einfach nachgibt und das akzeptiert.

Für diejenigen, die so über alle Maßen geliebt werden, fühlt es sich ganz anders an. Einesteils lieben sie die andere Person tatsächlich, aber all deren gefühlsmäßige Forderungen und Drohungen stehen im Weg. Irgendwie kontrolliert die andere Seite alles, obwohl sie das höchstwahrscheinlich gar nicht so sieht.

Phil sagte, dass er und seine Freundin sich immer stritten und er das Gefühl bekam, es sei seine Schuld. Das löste bei ihm ein schlechtes Gewissen aus und bewirkte, dass er blieb und die Sache noch ein wenig länger mitmachte. Tatsächlich versuchte er mit dem Streit wahrscheinlich einen Weg zu finden, etwas von der Macht in der Beziehung zurückzugewinnen und sich dadurch wohler zu fühlen. Im Unterbewusstsein hoffte er vielleicht auch, dass seine Freundin schließlich irgendwann genug haben und Schluss machen würde.

Das ist eine recht häufige Situation. Der eine Partner möchte gehen, will aber nicht der Auslöser für die Trennung sein, also versucht er den anderen stattdessen so zu provozieren, dass dieser geht. Es sieht aus wie Nachgiebigkeit, aber oft führt es dazu, dass sich eine nicht mehr zu rettende Beziehung noch viel länger hinzieht, als dies der Fall wäre, wenn du einfach von Anfang an ehrlich wärst. Michelle ist mit einem Jungen zusammen, der sie schlecht behandelt. Sie hat ein Auge auf einen anderen Jungen geworfen und sogar schon etwas mit ihm angefangen, aber sie ist immer noch mit ihrem Freund zusammen, weil er ihr ein schlechtes Gewissen einflößt, sobald sie das Thema Trennung aufbringt. Natürlich wird er früher oder später herausfinden, dass sie sich mit jemand anders trifft, und sich dann nur noch viel stärker verletzt fühlen. Es wird erneut Tränen und Versöhnungen geben, aber keinesfalls werden sie jemals wieder ein glückliches Paar. Es wäre viel besser, die Beziehung gleich zu beenden.

Sandra zeigt, was passieren kann, wenn du nicht lernst zu sagen, was du meinst. Sie hat drei ähnliche Beziehungen hinter sich, wo Gewalt oder Zwang eine große Rolle spielten. Nun ist sie von ihrem dritten Partner geschieden und muss trotzdem immer noch in Furcht leben, weil er sie gefühlsmäßig erpresst. Schließlich stimmt sie zu, ihn ein paar Mal die Woche zu treffen, nur um etwas Frieden zu haben. Solange sie dies tut, verstärkt sie aber nur seinen Glauben, dass sie tief im Inneren mit ihm zusammen sein will. Also wird er sie immer weiter bedrängen und zu etwas zwingen.

Sie könnte im Übrigen sehr wohl rechtliche Schritte gegen ihn einleiten – nicht sehr angenehm, ich weiß –, aber sie tut es nicht, weil sie ihn nicht »verletzen« will. Es ist, als ob die beiden sich in einem Spiel gegenseitig die Knöpfe blockierten. Je mehr er sie verfolgt, desto schlechter fühlt sie sich und desto wahrscheinlicher wird sie nachgeben. Solange sie jedoch ab und zu nachgibt, fühlt er sich gerechtfertigt, weiterhin Druck auszuüben. Ein Teufelskreis.

Mit gefühlsmäßiger Erpressung umgehen

Schritt 1: Akzeptieren, dass du für deine Gefühle selbst verantwortlich bist

Wenn man gefühlsmäßig erpresst wird, ist das nicht angenehm, und kaum jemand mag, was der oder die andere mit einem macht. Aber du kannst der anderen Seite nicht die Alleinschuld zuschieben. Du hast die Wahl zu gehen oder zu bleiben. Und solange du bleibst, lässt du es zu. Konzentriere dich deshalb weniger darauf, wie dein Partner sich verhält, sondern mehr darauf, wie du selbst dich hinsichtlich dessen fühlst, was da abläuft. Wenn Unbehagen und Unglücklichsein die Freude, die du aus der Beziehung gewinnst, überwiegen, ist es Zeit, etwas zu unternehmen.

Schritt 2: Verstehen, dass die andere Seite ebenfalls die Verantwortung für ihre Gefühle übernehmen muss

Gefühlsmäßige Erpressung macht Angst, denn du fürchtest dich vor dem, was der andere tun wird. Sein übermäßiger Schmerz und seine Einsamkeit überwältigen dich und geben dir das Gefühl, für das, was immer auch geschehen mag, verantwortlich zu sein. Aber du bist nicht für das Leben des anderen zuständig. Und du solltest dich selbst nicht unglücklich machen, aus lauter Furcht, dass der andere nicht ohne dich auskommt. Dein Partner hat ein Problem, und solange er das selbst nicht in den Griff bekommt, wird er immer unglücklich sein. Was er mit dir erlebt, wird sich sehr wahrscheinlich mit anderen wiederholen. Du kannst ihm vielleicht helfen das zu erkennen. Aber du wirst nichts verbessern, indem du noch länger bleibst, obwohl du weißt, dass ihr keine Zukunft habt.

Schritt 3: Wenn du vorhast zu gehen, dann geh!
Erkläre deutlich, am besten in einem persönlichen Gespräch, dass du nicht weitermachen kannst und die Beziehung beenden willst. Das ist wahrscheinlich dein schlimmster Albtraum und du fühlst dich so mies wie nie zuvor. Aber vergiss nicht, du tust das, um euch beiden in Zukunft unnötige Schmerzen zu ersparen. Also bleib bei deinem Vorsatz, sag, was du zu sagen hast, und geh!

Schritt 4: Steh zu deiner Entscheidung!
Es wird noch unzählige Bitten, Anrufe, Briefe und »vorsätzlich arrangierte Zufallstreffen« geben, die dich vielleicht in Versuchung führen, wieder etwas Nähe zuzulassen, nur um den Schmerz zu lindern. Tu's nicht! Jegliche Ermutigung ist unvernünftig, denn dein Partner wird nur annehmen, dass es Hoffnung auf Versöhnung gibt.

Woher wissen, dass der/die Verlassene nicht etwas Dummes anstellt?
Erinnerst du dich, dass ich gesagt habe, wir alle seien für unsere Gefühle selbst verantwortlich? Tja, indem du gehst, gibst du deinem Expartner Gelegenheit, mit seinen Gefühlen klarzukommen. Tatsache ist, dass sich sehr selten jemand etwas antut – womit auch immer er gedroht haben mag. Aber wenn du glaubst, es bestehe doch die Möglichkeit, solltest du vorher eine nahe stehende Person von deiner Trennungsabsicht unterrichten. Sei dabei vorsichtig, denn es ist für niemanden

angenehm herauszufinden, dass er als Letzter erfährt, dass seine Beziehung in die Brüche geht. Aber im Vertrauen mit seiner Mutter, der großen Schwester oder dem besten Freund zu reden, kann sicherstellen, dass es eine Schulter gibt, an der sich der andere ausweinen kann, und dass jemand ein Auge auf ihn hat, wenn du zur Tür hinaus bist.

Wenn du dir große Sorgen machst, kannst du auch die Adresse und Telefonnummer der örtlichen Familienberatung heraussuchen (auch wenn ihr nicht verheiratet seid) und sie deinem Ex anbieten. Deren Hilfe könntest du auch selbst in Anspruch nehmen – eine Beziehung zu beenden ist niemals leicht und was du gerade machst, erfordert eine Menge Mut und emotionale Energie. Hab keine Angst, um Hilfe und Unterstützung zu bitten.

Mit gefühlsmäßiger Erpressung klarkommen

Es ist deine Entscheidung, ob du eine Beziehung aufrechterhältst oder nicht. Und wenn es dir darin nicht gut geht, hast du vielleicht nicht die richtige Wahl getroffen.	1. Du bist für deine Gefühle selbst verantwortlich.
Du wirst nichts besser machen, wenn du nur bleibst, weil du glaubst, der andere kommt ohne dich nicht aus.	2. Der andere muss selbst die Verantwortung für seine Gefühle übernehmen.
Je länger du es aufschiebst, desto schlimmer wird es – für euch beide.	3. Wenn du gehen willst, dann geh!
Es ist nicht leicht, zu dieser Entscheidung zu gelangen, aber wenn du dich danach wieder unter Druck setzen lässt, war alles umsonst.	4. Steh zu deiner Entscheidung!

Furcht vor Einsamkeit

Die Furcht vor dem Alleinsein kann Anlass für Verzweiflungstaten sein. Wenn der Gedanke, deinen Partner zu verlieren, dich mit Panik erfüllt, versuchst du vielleicht alles, um die Beziehung aufrechtzuerhalten.

Nicolas Geschichte

Ich bin jetzt 16 Jahre alt und ziemlich reif für dieses Alter, denn ich habe eine Menge durchgemacht. Ich bin unglücklich mit meinem Leben, und wenn mir alles zu viel wird, möchte ich mich am liebsten umbringen. Eigentlich glaube ich ja nicht, dass ich es tun könnte, aber ich sehne mich einfach so nach einem Ausweg aus allem. Ich fühle mich total im Stich gelassen und hätte schon längst aufgegeben, wenn ich nicht meinen Freund kennen gelernt hätte. Er hat mir durch alles geholfen, aber manchmal fällt es ihm auch schwer, mich zu verstehen. Ich habe ihn in den Ferien kennen gelernt, aber wir leben nicht so weit voneinander weg. Wir hatten nicht einmal gleich Sex, denn er ist viel zu nett dafür.

Ich wollte eigentlich gar nicht, dass alles so schnell geht, aber ich habe dann doch innerhalb von drei Monaten all meine anderen Freunde und Freundinnen aufgegeben und jeden Abend und jeden Tag nur meinen Freund getroffen. Er hat auch seine Freunde aufgegeben, obwohl wir schon einmal die Woche ein paar von seinen Freunden sehen. Ich habe uns irgendwie aneinander gefesselt und ich kann einfach nicht loslassen.

Ich habe kein Leben außer mit ihm. Ich gehe nicht aus, und wenn ich nicht mit ihm zusammen bin, sitze ich zu Hause. Es wird immer schlimmer, denn ich muss von zu Hause ausziehen, weil meine Mutter und ich dauernd streiten, und sie droht mir ständig, mich rauszuschmeißen. Ich habe meinen Freund schon unter Druck gesetzt, mit mir in eine Wohnung zu ziehen, aber er will nicht, weil er ein schönes Zuhause und eine nette Familie hat. Aber ich rede immer weiter über Heirat und Kinder, obwohl ich weiß, dass wir eigentlich zu oft streiten. Wir haben das Gefühl, richtig füreinander zu sein, aber ich habe solche Angst davor, was passieren könnte, wenn jemals mit uns Schluss ist, dass ich einfach keine Ruhe geben kann. Wir sind jetzt schon über ein Jahr zusammen und es wird immer schlimmer. Ich sehe nicht einmal mehr die Leute von meiner alten Schule.

Ich stelle ihm ständig persönliche Fragen über seine Exfreundin und seine Vergangenheit und ich mache ihm Vorwürfe wegen allem, was er tat, bevor er mich kennen gelernt hat, obwohl ich weiß, dass das falsch ist.

Ich vertraue ihm überhaupt nicht, obwohl ich weiß, dass er eigentlich total vertrauenswürdig ist. Ich lass ihn mit niemand anders weggehen, obwohl er mich im letzten Jahr nur einmal darum gebeten hat, aber ich habe Angst, dass er jemand anders kennen lernen könnte, vielleicht ein dünnes, hübsches Mädchen mit einem schönen Haus und einer reichen Familie.

Ich bin total von ihm abhängig geworden und würde ohne ihn einfach zu Grunde gehen und überlege dauernd, wie ich ihn »einfangen« kann und wie ich sicher sein kann, dass er nie mehr geht. Ich weiß, dass das nicht richtig ist und dass ich unbedingt ein eigenes Leben bräuchte, aber ich weiß einfach nicht, was ich tun soll. Ich habe niemanden und nichts außer ihm.

Nicola

Robs Geschichte

Ich habe meine Freundin in meinem zweiten Jahr am College kennen gelernt. Ich war schon immer ein Einzelgänger und habe nie zu einer Clique gehört. Sie war neu und schien so hübsch und nett, völlig anders als die anderen. Ich erinnere mich, wie sie lächelte, als ich sie das erste Mal ansprach, und ich konnte mein Glück nicht fassen, als sie einverstanden war, sich mit mir zu treffen.

Wir waren fast ein halbes Jahr zusammen und jede Sekunde war wundervoll. Wir stritten nie und ich tat immer alles, was sie wollte, und verbrachte meine Zeit damit, dafür zu sorgen, dass alles für sie schön war. Deshalb konnte ich es nicht fassen, als sie eines Tages sagte, sie müsse mir etwas sagen. Sie wollte, dass wir uns trennten, obwohl es, wie sie mir versicherte, keinen anderen gab. Sie sagte, unsere Beziehung störe sie beim Studieren und sie bräuchte mehr Zeit für sich selbst. Ich konnte das verstehen und bot immer und immer wieder an, ihr mehr Freiheit zu lassen, solange ich sie wenigstens einmal pro Woche sehen könnte. Der Gedanke, sie könnte mit jemand anders Zeit verbringen, brachte mich fast um, aber ich wusste auch, dass ich sie nicht ganz für mich alleine haben konnte.

Wir trennten uns für ungefähr zwei Wochen, doch dann konnte ich es nicht mehr ertragen und während der Ferien trampte ich zu ihr und erklärte ihr, dass ich es nicht mehr aushalten könne. Wir kamen wieder zusammen, aber es dauerte nur ein paar Wochen, dann sagte sie, dass sie mich gar nicht mehr sehen wolle. Es brach mir das Herz, denn ich wusste, dass ich sie hätte glücklich machen können, wenn sie nur verstanden hätte, wie sehr ich sie liebte. Ich ertappte mich dabei, wie ich an ihrem Zimmer vorbeiging und ihr jeden Tag schrieb. Ab und zu war sie einverstanden mich zu treffen, doch es endete immer mit der gleichen Diskussion. Ich konnte einfach nicht verstehen, wie sie so etwas Schönes aufgeben konnte, wie wir es gehabt hatten.

Rob, 20

Gillians Geschichte

Während der letzten acht Monate war ich mit einem verheirateten Mann zusammen, der von seiner Frau getrennt lebt (wegen unserer Beziehung), und obwohl ich schon lange weiß, dass es nicht das ist, was ich will, fällt es mir schwer, Schluss zu machen. Das liegt nicht daran, dass ich wahnsinnig in ihn verliebt wäre (obwohl ich ihn wirklich mag), es ist nur einfach so, dass ich im Moment eben lieber diese Beziehung habe, als ganz alleine zu sein. Ich bin über mich selbst entsetzt, dass ich seine Ehe zerstört habe, was ich wirklich nicht wollte. Um ehrlich zu sein, ich wünschte, er wäre immer noch mit seiner Frau zusammen, und das wollte ich im Grund genommen die ganze Zeit. Erst letzte Woche habe ich Schluss gemacht, aber nach zwei Tagen sahen wir uns wieder. Es kommt mir so vor, als passiere es hauptsächlich aus Gewohnheit, aber auch, weil er im Moment die einzige Liebe und Stabilität in meinem Leben darstellt. Für mich ist die ganze Beziehung nicht das, was ich will, und wir hatten einige schwierige Phasen. Wir haben sehr unterschiedliche Ansichten über das Leben, Religion usw. Und er ist ziemlich rassistisch und wirft mir vor, dass ich vorher einige schwarze Freunde hatte.

Ich glaube, ich bin in diese Beziehung gerutscht, weil ich unter einer Depression litt und er immer so hilfsbereit und liebevoll war. Er half mir beim Einzug in eine eigene Wohnung und dann auch noch beim Einrichten. Ich weiß auch, dass ich ziemlich anstrengend sein kann, denn ich bin recht aufbrausend. Es gab Zeiten, in denen ich so wütend über unsere Beziehung und seine verletzenden Bemerkungen war, dass ich entschlossen war, ihn zu verlassen. Ich frage mich langsam, was nötig ist, um Schluss zu machen. Im Augenblick scheinen Wut, gegenseitige Verletzungen und das Wissen, dass wir überhaupt nicht zueinander passen, noch nicht zu reichen und mein Leben ist ein einziges Chaos.

Gillian

Hattest du schon einmal Angst, dass dein Freund oder deine Freundin dich verlässt? Was machte dir mehr Angst – der Gedanke, ihn oder sie zu verlieren, oder der, allein zu sein?

All diese Menschen halten an einer Beziehung fest, die, realistisch gesehen, das Verfallsdatum schon längst überschritten hat. Nicola und Gillian sehen einigermaßen ein, dass sie sich mit einer zweitrangigen Liebesbeziehung zufrieden geben, weil sie die Alternative, allein zu sein, nicht aushalten können. Interessant ist, dass ausgerechnet Rob (dessen Freundin bereits gesagt hat, sie möchte die Beziehung beenden) am wenigsten Einsicht zeigt, sondern immer noch denkt, dass die Macht seiner Liebe sie zusammenhalten wird. Auf Rob werde ich später noch zurückkommen.

Lerne loszulassen

Gibt es in einer solchen Situation überhaupt etwas, was die Beziehung retten und sogar verbessern kann? Tja, eine garantierte Methode, etwas wieder zu kitten, gibt es sicher nicht, denn wenn es einmal so weit ist, sind die meisten Beziehungen nicht mehr zu retten. Aber die folgenden Schritte können dir vorher eine Chance verschaffen.

Schritt 1: Einsehen, dass besitzergreifendes Verhalten und emotionale Forderungen eher früher als später alles zerstören werden

Wenn du mir nicht glaubst, lies die vorherigen Briefe von den Leuten, die sich gefühlsmäßig erpresst fühlten. Wenn du so weitermachst, wirst du deinen Partner vertreiben. Ende der Geschichte.

Schritt 2: Tief Luft holen und ein wenig loslassen
Du kannst dein Verhalten nicht über Nacht ändern, aber für einen Nachmittag oder einen Abend oder vielleicht sogar einen ganzen Samstag oder Sonntag solltest du deinem oder deiner Liebsten den Rücken kehren und etwas für *dich* tun. Okay, ich weiß, alles, was du willst, ist, auf ihrer/seiner Schwelle zu liegen und zu jammern, aber das kommt im Augenblick nicht infrage. Geh einen alten Freund besuchen oder deine Großmutter, wasch das Familienauto oder – noch besser – geh schwimmen oder mach einen langen Spaziergang. Tu etwas, wobei du dich gut fühlst und was nichts mit deinem Partner zu tun hat. Verdirb nicht alles, indem du ein Kreuzverhör startest, wenn du zurückkommst. Was er oder sie in dieser Zeit gemacht hat, ist deren Sache und nicht deine.

Dann mach es dir zur Regel: Nimm dir mindestens einmal pro Woche Zeit für dich. Ich kann nicht garantieren, dass es dich retten wird, aber wenn deine Beziehung nicht bereits völlig im Eimer ist, besteht die leise Chance, dass es den totalen Absturz verhindert. Indem du Druck von deinem Partner/deiner Partnerin wegnimmst, zeigst du einen Hoffnungsschimmer auf, dass du vernünftiger wirst.

Schritt 3: Mit jemandem sprechen
Nein, ich meine nicht deinen Freund oder deine Freundin, sondern einen verständnisvollen Erwachsenen. Vielleicht deine Mutter oder die Mutter oder den Vater deiner besten Freundin. Such dir auf alle Fälle jemanden, der dir zuhört, und lass deinen ganzen Schmerz und alle Wut los. Auch hierfür kannst du dir einen Termin bei der Familienberatung geben lassen. Siehe die Informationen hierzu in den Kapiteln 9 und »Hilfe«!

Lerne loszulassen

Dem Menschen, den du liebst, kann die Intensität deiner Liebe Angst einjagen. Wenn du so weitermachst, vertreibst du ihn.

Mach mal Pause (wenn auch nur für ein paar Stunden) und gönn dir allein was Schönes.

Du bist vielleicht verwirrt, wütend, ängstlich oder alles zusammen, aber du wirst dich besser fühlen, wenn du das jemandem außerhalb der Beziehung mitteilen kannst.

1. Du musst einsehen, dass besitzergreifendes Verhalten deine Beziehung zerstören wird.
2. Hol tief Luft und lass ein bisschen los.
3. Sprich mit jemandem.

Könnt ihr dann glücklich werden bis ans Lebensende?

Ich kann keine Versprechungen machen, aber mit der richtigen Einstellung und wohlmeinender Hilfe kannst du diese Art Krise überstehen. Nehmen wir zum Beispiel Rob. Er war furchtbar verliebt, aber seine Freundin wollte nicht mehr und er hat sie trotzdem weiter bedrängt. Weiter ging es dann so:

Eines Tages fand ich am College eine Nachricht vor. Es hieß, ich sollte mich dringend bei meinem Tutor melden. Als ich zu ihm kam, erklärte er mir, dass meine Freundin sich bei der Collegever-

waltung beschwert hätte, und es bestünde die Möglichkeit, dass sie rechtliche Schritte einleite, um mich von ihr fern zu halten. Ich konnte es nicht fassen und dachte, die Welt breche zusammen. Zum Glück war der Tutor total verständnisvoll und statt mich anzuschreien, saß er nur da und hörte mir lange zu. Am Ende schlug er vor, dass ich einen Collegeberater besuchen sollte. Er rief an und machte einen Termin und brachte mich praktisch sofort hin.

Es war nicht leicht. Ich verbrachte viel Zeit damit, darüber zu reden und nachzudenken, was passiert war, und ich sehe jetzt, dass ich mir etwas vorgemacht hatte. Zuerst dachte ich echt, ich würde verrückt, und sah keinen Ausweg. Aber mithilfe einer psychologischen Beratung begann ich einzusehen, dass meine Einstellung zu der Beziehung verständlich war, wenn man meine Kindheit und Jugend analysierte. Meine Eltern hatten sich immer viel gestritten und meine Mutter hatte ständig gedroht wegzugehen. Während meiner ganzen Kindheit hatte ich Angst vor dem nächsten großen Streit und ich kann jetzt sehen, dass es dieses Gefühl der Unsicherheit war, weswegen ich mich so an meine Freundin klammerte.

Das Leben ist jetzt schon viel einfacher. Natürlich denke ich immer noch an sie, aber ich unternehme auch andere Dinge. Obwohl ich noch keine ernsthafte neue Beziehung hatte, gibt es einige Mädchen, mit denen ich gut befreundet bin, was, wie ich glaube, ein Schritt in die richtige Richtung ist.

Jedem anderen in dieser Situation möchte ich nur sagen, dass ich weiß, wie schwer es ist loszulassen, aber man muss einfach einsehen, dass man sich selbst etwas vormacht und die Liebe tötet, wenn man jemanden gegen seinen Willen halten will.

Rob hat es also überwunden und obwohl er weiß, dass er noch einiges zu verarbeiten hat, blickt er hoffnungsvoll in die Zukunft.

Am Beginn dieses Kapitels habe ich dir von Tamsin erzählt, die sich in einer Beziehung wieder fand, die sie ablehnte, mit einem Freund, der so besitzergreifend war, dass sie nicht einmal ihre Freundinnen sehen konnte. Das Fass kam zum Überlaufen, als sie eines Abends ausgehen wollte und er ihr ein Ultimatum stellte – entweder die Freundinnen oder er. Sie wählte ihre Freundinnen und machte mit ihm Schluss. Aber so einfach war es nicht.

Ich habe noch am gleichen Tag mit ihm Schluss gemacht, weil es mir reichte. Allerdings hatten meine Mutter und meine Brüder den Streit gehört und stellten sich gegen mich. Sie sagten, ich verlöre einen guten Freund und sei in letzter Zeit überhaupt so launisch gewesen, dass ich unmöglich wissen könne, was ich tue. Am Ende nahm ich meine Entscheidung um des lieben Friedens willen zurück. Das Grinsen auf seinem Gesicht, als er wusste, dass er gewonnen hatte und dass ich diesen Abend nicht wegkonnte und meine Familie ihm Recht gegeben hatte, das gab mir den Rest. Ich hatte keine Lust auf einen neuen Streit, aber es war vorbei! Ich wollte so etwas kein einziges Mal mehr durchmachen. Welches Recht hatte er, mir das anzutun? Ich sah meine schlimmsten Befürchtungen bestätigt und wusste, dass ich schnell etwas tun musste, denn wenn ich meine Zukunft nicht änderte – wer dann?

Eines Tages musste er verreisen und ich nutzte die Gelegenheit, mit meinen Freundinnen wegzugehen. Ich brauchte diese Abwechslung fast verzweifelt. Dabei hatte ich dann auch tatsächlich so viel Spaß, dass ich wusste, es gibt für mich im Leben noch mehr, und ich musste es ausprobieren. Als dann ein paar Tage später meine Brüder mal nicht zu Hause waren, sprach ich mit meiner Mutter und erklärte ihr alles. Sie sagte, ihr wäre gar nicht klar gewesen, dass ich so unglücklich bin, und dass sie sich das letzte

Mal nur eingemischt hätte, weil sie dachte, ich hätte eine »schlechte Phase«.

Ich machte noch am gleichen Abend mit ihm Schluss, ohne Umschweife. Die Erleichterung, die ich verspürte, war enorm. Er weinte und bettelte mich zwar noch wochenlang an, es doch noch einmal zu versuchen, aber ich gab nicht nach. Ich wusste, dass ich festbleiben musste, und das war ich auch. Die dicke, schwarze Wolke, die ständig über meinem Kopf geschwebt hatte, war endgültig verschwunden und ich fühlte mich herrlich.

Ich fuhr mit meinen Freundinnen in Urlaub, ging oft mit ihnen weg und tat jede Menge Dinge, die ich seit ewigen Zeiten nicht getan hatte. Es machte solchen Spaß. Ein halbes Jahr später traf ich einen wunderbaren Mann und wir hatten so viel gemeinsam, dass wir uns schnell verliebten. Wir sind jetzt seit fünf Jahren verheiratet und sehr glücklich. Wir haben beide gute Jobs, Zeit für unsere Freunde, ohne dass der andere eifersüchtig ist, und jetzt hoffen wir, unser Glück bald mit einem Kind zu vervollständigen.

7

Lass es unser Geheimnis bleiben

Verhalten bei missbräuchlichen Beziehungen

Was ist der Unterschied zwischen etwas »für sich« behalten und einem Geheimnis?

Etwas für sich behalten und etwas geheim halten sind zwei Ausdrücke, die etwas Ähnliches meinen, aber für mich einen ganz anderen Klang haben. Viele Leute posaunen ihre Beziehungen nicht gleich in alle Öffentlichkeit hinaus und das Letzte, was du möchtest, ist, dass alle, vom Milchmann bis zu Tante Rosie, die Nase in deine Angelegenheiten stecken und fragen, wie es denn läuft. Deshalb willst du deine Privatangelegenheiten erst mal »für dich behalten«. Aber wenn daraus »geheim halten« wird, bekommt die Sache für mich einen verdächtigen Klang. Eine geheime Beziehung klingt nach einer, von der der Rest der Welt vielleicht nichts halten würde. Die Art Beziehung, die andere Leute möglicherweise zu verhindern versuchen würden.

Die geheimen Beziehungen, von denen ich hier spreche, sind jene, in denen Macht missbraucht wird. Wir haben bereits gesehen, wie gefühlsmäßige Erpressung funktioniert und wie Freund oder Freundin Druck ausüben können, sei es, um Sex zu bekommen, die Beziehung zu erhalten oder sogar die Ehe zu erzwingen. Dies sind schwierige Situationen, aber es sind immerhin zwei Menschen beteiligt, die im Großen und Ganzen die gleiche Machtposition haben. Es gibt aber Beziehungen zwischen Personen, die auf sehr verschiedenen Stufen der Machtleiter stehen. Eine von ihnen ist meist älter und vielleicht in einer Autoritätsposition wie zum Beispiel Eltern, Verwandte, Lehrer, Chefs. Möglicherweise benutzen sie diese Autorität, um einen jüngeren Menschen von sich einzunehmen, dann zu kontrollieren und schließlich zu missbrauchen.

In den letzten Jahren kam immer mehr über sexuellen Missbrauch und Inzest an die Öffentlichkeit. Es handelt sich hierbei um ein großes Problem und ich erhalte jede Woche viele Briefe von jungen Leuten, die wiederholt missbraucht werden. Aber es gibt auch andere Arten von verletzender, verborgener Annäherung. Sie reichen vom Lehrer, der zu nahe bei dir steht und persönliche Bemerkungen macht, über den Onkel, der darauf besteht, dir einen »richtigen« Abschiedskuss zu geben, bis zum Chef, der dich spätabends noch Überstunden machen lässt und dich dann nach Hause fährt, nur um auf einem abgelegenen Parkplatz Halt zu machen.

Viele, die mir schreiben, schildern solche Situationen und fragen sich, ob sie Recht haben, wenn sie sich wegen des Geschehenen unwohl fühlen. Sie wissen zwar, dass etwas nicht stimmt, aber sie haben Angst, die anderen könnten sie deswegen auslachen oder ihnen nicht glauben oder dass sie Schwierigkeiten bekommen. Und auf genau das zählen die Täter. Indem sie die Angelegenheit langsam und fast unmerklich vorantreiben, führen sie ihre Opfer (und es *sind* Opfer!) immer weiter und weiter, bis diese nicht mehr wagen es jemandem zu erzählen, aus Angst zuzugeben, was sie selbst schon »getan« haben.

Wie würdest du empfinden, wenn jemand, den du eigentlich magst und respektierst, anfinge persönliche Bemerkungen zu machen und dich anzufassen? Kannst du dir vorstellen zu sagen, er solle damit aufhören? Wärst du in der Lage, dich jemandem anzuvertrauen?

Intimsphäre

Wir alle haben eine Intimsphäre, und wenn jemand unaufgefordert die Grenze verletzt, fühlen wir uns unwohl.

Verliebte gehen eng umschlungen durch die Straßen oder kuscheln sich auf dem Sofa aneinander. Freunde beugen sich Kopf an Kopf über den Schreibtisch, um sich etwas anzusehen. Das ist nicht unangenehm, denn es sind Menschen, die du kennst und denen du vertraust, und du freust dich, sie in deiner Nähe zu haben. Aber denk nur an eine überfüllte U-Bahn. Menschen sitzen eingezwängt und stehen eng nebeneinander in den Gängen. Du bist zwischen zwei Fremden eingeklemmt und ihre Oberschenkel berühren deine. Das fühlt sich nicht gut an. Sie verletzen im Grunde deine Intimsphäre und du umgekehrt ihre. Weil es keine andere Möglichkeit gibt, sehen die Leute starr geradeaus und meiden jeden Augenkontakt oder sie vergraben die Nase in einem Buch. Dies vermindert das Unbehagen.

Kinder haben noch kein ausgeprägtes Gefühl für die

Intimsphäre anderer; es ist etwas, was sich erst beim Erwachsenwerden so richtig entwickelt. Manche Menschen beachten sie absichtlich nicht, andere nehmen sie nicht wahr, wenn sie psychische oder soziale Probleme haben. Du hast vielleicht schon einmal jemanden kennen gelernt, der sich gleich ganz dicht neben dich stellte und dich unverhohlen anstarrte. Das kann ein Zeichen von Anziehung sein, aber wenn das Gefühl nicht gegenseitig ist, verwirrt es uns oder wir fühlen uns sogar fast bedroht.

Das Recht auf Respekt

In jeder Beziehung hat man ein Recht auf Respekt. Das heißt, wir erwarten von der anderen Person, dass sie unsere Intimsphäre nicht verletzt. Sie sollte auch weder persönliche noch anzügliche Bemerkungen machen, außer wir sind in der Lage, das Gleiche zu tun. So ist es in Ordnung, wenn Freunde sich übereinander lustig machen, denn sie befinden sich auf dem gleichen Level und können sich es heimzahlen. Aber Lehrkräfte, die persönliche und anzügliche Bemerkungen machen, missbrauchen ihre Position. Die Schülerin/der Schüler fühlt sich unwohl, kann aber nichts erwidern, ohne der Unhöflichkeit bezichtigt zu werden.

Vor einer Weile erhielt ich den folgenden Brief von zwölf Mädchen einer Schulklasse.

Unser Problem ist unser Französischlehrer. Er ist etwas über fünfzig und einfach eklig. Ständig schaut er die Mädchen in unserer Klasse so aufdringlich an. Dann stellt er sich auch immer sehr nahe zu uns, legt uns die Hand auf die Schulter und streicht uns sogar über den Rücken. Er riecht schlecht, aber was noch schlimmer ist, er macht furchtbare und manchmal auch anzügliche Bemerkungen. Wir finden ihn absolut unerträglich, uns wird richtig schlecht wegen ihm. Was können wir tun?

Diesem Mann mag nicht bewusst sein, dass er ein Hygieneproblem hat, aber ich bin sicher, er holt sich eine Art Kick aus der Macht, die er über die Mädchen hat. Vielleicht gefällt es ihm, wenn er sieht, wie sie verlegen werden, vielleicht verschafft es ihm auch einen sexuellen Reiz, wenn er anzügliche Dinge sagt, während er ihnen über den Rücken streicht. So oder so, er geht eindeutig zu weit und missbraucht definitiv seine Position.

Aber ist es nicht sehr schwer, etwas gegen einen Lehrer zu unternehmen?
Nun, ja und nein. Ganz sicher würde eine direkte Antwort als frech oder unhöflich aufgefasst und die Schülerinnen würden am Ende vielleicht bloß bestraft oder schikaniert. In einer solchen Situation würde ich den Mädchen deshalb raten, sich zusammenzuschließen und mit der Vertrauenslehrerin zu reden. Sie sollten eine Liste aller Mädchen erstellen, die sich beschweren wollen, und dann sollten zwei von ihnen sich einen Termin geben lassen. Bei dem Gespräch sollten sie auf keinen Fall nur jammern (und ganz sicher auch nicht kichern), sondern klipp und klar sagen, wie unwohl sie sich bei diesem Verhalten fühlen. Wenn du deine Sache vernünftig und ruhig vorbringst, werden Erwachsene dich eher ernst nehmen. Die Vertrauenslehrerin wird nach Beispielen solcher anzüglicher Bemerkungen fragen – die Schülerinnen

sollten also bereits vorher welche aufschreiben, zusammen mit dem Datum, wann sie gemacht wurden.
Unter diesen Umständen wird die Vertrauenslehrerin sie ernst nehmen und es wird auch Konsequenzen geben. Es könnte sein, dass sie mit der Schulleitung spricht oder aber zuerst mit dem betroffenen Lehrer selbst. Wenn die Sache nicht besser wird, können die Schülerinnen oder deren Eltern sich auch direkt bei der Schulleitung beschweren.

Kim ist 12 und besucht ein Internat. Sie hatte ein ähnliches Problem mit einem ihrer Lehrer und war zum Glück mithilfe ihrer Freundinnen in der Lage, etwas dagegen zu tun.

Zuerst als ich ins Internat kam, dachte ich, mein Mathelehrer sei einfach nur sehr freundlich. Er strich mir über die Schultern und den Rücken (genau wie bei fast allen anderen Mädchen) und ich achtete nicht weiter darauf. Aber dann passierte es immer öfter und er berührte auch meine Brust und ich begann mich ziemlich unwohl zu fühlen. Ich erzählte es meinen Freundinnen und sie passten auf mich auf, aber es wurde trotzdem noch schlimmer, so schlimm, dass ich Angst hatte, in seinen Unterricht zu gehen, und schon Albträume seinetwegen hatte.

Schließlich sagten mir meine Freundinnen, dass ich es jemandem erzählen sollte, dem ich vertraue, und ich nahm meinen ganzen Mut zusammen und erzählte es einer Lehrerin. Ich hatte total Angst, aber sie war toll. Sie sprach mit der Schulleitung und dem Lehrer wurde verboten, sich den Mädchen gegenüber so zu verhalten.

Es geht mir jetzt viel besser und ich würde jedem Mädchen, das diese Art von Problem hat, raten, jemandem davon zu erzählen. Ich weiß, es ist schwer, aber ich schwöre, hinterher geht es einem besser.

Klar, dass nicht alle so rasch ein zufrieden stellendes Ergebnis erzielen wie Kim. Manchmal wollen Lehrkräfte (oder andere Erwachsene) gar nicht erst zuhören. Oder die betreffende Lehrkraft verhält sich danach vielleicht sogar noch schlimmer. Aber das bedeutet nicht, dass du schweigen solltest. Such dir jemand anderen, dem du es erzählen kannst, und erkläre, dass dir anscheinend niemand helfen will, und zwar so lange, bis jemand dich – und dein Problem – ernst nimmt (siehe hierzu auch die Kapitel 9 und »Hilfe«).

Aber ich mag ihn ja eigentlich

Manchmal wird der Missbrauch den Opfern gar nicht so bewusst und sie beschweren sich nicht. Im Gegenteil, sie freuen sich vielleicht über die Aufmerksamkeit durch jemand Älteren und fühlen sich geschmeichelt.

Bei einem Familienfest kürzlich küsste und umarmte mich mein Onkel. Er tat das vor der ganzen Familie. Er wollte auch mit mir tanzen, aber ich wollte nicht. Früher mochte ich ihn nicht und mein Vater hasst ihn geradezu, aber bei dem Fest empfand ich wirklich etwas für ihn und ich glaube, er empfand auch etwas für mich.

Er ist verheiratet und hat zwei Kinder und ist 38 Jahre alt. Ich muss immer an ihn denken und kann es nicht erwarten, ihn wieder zu sehen. Als wir uns umarmt hatten, sagte seine Frau, also meine Tante, zu ihm, dass ich zu jung für ihn sei und er mich in Ruhe lassen solle. Vielleicht täusche ich mich, dass er etwas für

mich empfindet, aber ich glaube es nicht. Ich würde mit ihm schlafen, wenn er mich fragen würde – so ernsthaft empfinde ich für ihn.
Anne, 14

So, wie es sich anhört, hat Annes Onkel bereits den Ruf, es auf junge Mädchen abgesehen zu haben. Weil Anne sich von seiner Aufmerksamkeit geschmeichelt fühlte, war es leider leicht für ihn, es zu weitzutreiben. Ein Mann, besonders ein Mann mittleren Alters, kommt sich ungeheuer stark und mächtig vor, wenn ein hübsches, junges und naives Mädchen seinetwegen schwach wird. Es ist sehr, sehr verlockend für ihn, die Dinge weiterzutreiben und damit die unausgesprochenen Grenzen ihrer Beziehung zu überschreiten – und in diesem Fall wäre Anne nur allzu glücklich mitzumachen. Er nutzt sein Alter und seine Position in der Familie aus, um sie zu einer intimen und wahrscheinlich sexuellen Beziehung zu verführen. Die Tatsache, dass er es so offen vor der ganzen Familie tut, gibt ihr das Gefühl, das sei ganz in Ordnung. Aber es wird aus ihrem Brief deutlich, dass zumindest ihre Tante sich dabei unwohl fühlt. Und ich kann nicht anders, als mich zu fragen, warum ihr Vater ihn nicht ausstehen kann.

Aber Anne ist in einer schwierigen Lage, denn selbst wenn sie das Küssen und die Umarmung nicht begrüßen würde, dürfte sie wie die meisten Kinder so erzogen worden sein, diese Art Zuneigung von Verwandten zu akzeptieren. Wir haben das alle schon gehört: »Gib deiner Tante einen Gutenachtkuss, umarme deinen Onkel ganz fest.« Aber ich bin der Meinung, dass Kinder nicht gezwungen werden dürfen, Erwachsene aus reiner Höflichkeit zu küssen und zu umarmen. Es signalisiert ihnen, dass es in Ordnung ist, wenn Erwachsene ihre Intimsphäre verletzen und sie berühren, selbst wenn es gegen ihren Wunsch geschieht (siehe dazu auch in Kapitel 9, »Sexueller Missbrauch und Vergewaltigung«)!

Ich mache mir um Anne und Kinder wie sie richtig Sorgen. Ich weiß nicht, was mit ihr geschehen wird, aber ich vermute, dass sie letztlich – wenn nicht jemand in ihrer Familie dazwischengeht – in einer sexuellen Beziehung endet, wenn nicht mit diesem Onkel, dann mit einem anderen älteren Mann, der ihre Naivität ausnützt. Anfänglich mag sie vielleicht denken, es sei das, was sie selbst will, aber es ist sehr wahrscheinlich, dass sie schlimm verletzt wird.

Was, wenn es der Chef ist?

Ein klassischer Fall, bei dem die Macht in einer Beziehung ganz bei einer Person liegt, ist die zwischen Chef und Angestellten. Sexuelle Belästigung am Arbeitsplatz ist selbstverständlich gesetzlich verboten, aber das kann sie nicht völlig verhindern. Wie viele andere Teenager wollte Leanne unbedingt einen Wochenendjob und war bereit, einige Unannehmlichkeiten zu ertragen, um ihn zu behalten.

Ich bin 16 und arbeite jetzt seit zehn Monaten in meinem Job. Mein Problem ist, dass mein Chef mir immer an den Busen und den Po langt. Er macht das auch bei den anderen Mädchen, aber nur zum Spaß. Jedenfalls hat er mich bei zwei Gelegenheiten gebeten früher zu kommen, um ihm zu helfen. Er sagte mir, dass er mich liebt, aber ich fühle mich dabei irgendwie schmutzig. Er ist ungefähr 35 und verheiratet mit Kindern. Vor ein paar Monaten fuhr er mich nach Hause und hat auf einem Parkplatz angehalten. Er hörte nicht auf, mich anzufassen, obwohl ich es ihm gesagt habe.

Kürzlich bei der Arbeit bat er mich ihm dabei zu helfen, einige Sachen ins Lager zu bringen. Er schloss die Tür und wollte mich nicht mehr gehen lassen. Er ist sehr stark und ich sagte ihm, er solle mich loslassen und dass ich das nicht wolle, aber er ließ mich nicht los und versuchte mich zu küssen. Ich kann es meiner Mutter nicht erzählen, weil sie befreundet sind. Ist das sexuelle Belästigung und was soll ich tun? Ich habe schon gedroht zu kündigen und dass ich jemandem erzählen würde, was er macht, aber er sagt, ich hätte keinen Beweis und würde mir das nur einbilden. Ich will eigentlich nicht kündigen.

Leanne

Leannes Chef ist eindeutig im Unrecht, aber wenn es eine kleine Firma ist, zum Beispiel ein Tante-Emma-Laden, und es keine Vorgesetzten gibt, bleibt ihr nur die Kündigung. Das kommt ihr vielleicht vor, als laufe sie davon und lasse ihrem Chef die Machtposition, mit der Gelegenheit, weiterhin weibliche Aushilfen zu belästigen – aber es ist wahrscheinlich der beste Weg, sich zu schützen.

Ich bin der Meinung, Leanne sollte es auf jeden Fall ihrer Mutter erzählen, gerade weil diese mit dem Chef befreundet ist. Und sie sollte sich bewusst sein, dass es sexuelle Nötigung war, als er sie im Auto und im Lagerraum festhielt und sie berührte und küsste. Sie könnte ihn deswegen sogar anzeigen. Wahrscheinlich ist er der Letzte, der sich als schmutzigen Lüstling sieht, und womöglich noch überzeugt, dass Leanne ihn insgeheim mag. Ein Besuch von der Polizei könnte also genau das sein, was er braucht, um die Realität zu erkennen. Aber das Endergebnis bleibt immer noch das Gleiche – Leanne wird praktisch mit Sicherheit gehen müssen.

Eine andere Möglichkeit, mit so was klarzukommen, ist, sofort die Aufmerksamkeit darauf zu lenken. Manchen Erwachsenen, besonders Männern, ist schlicht nicht klar, dass ihr Verhalten unangenehm oder bedrohlich ist. Es ist natürlich nicht einfach, dies in aller Öffentlichkeit zu tun, aber wenn du mit jemandem arbeitest, der regelmäßig nach Pos grapscht, könntest du ja einmal laut rufen: »O nein, jetzt grapscht er schon wieder«, sobald er es versucht. Wie ein kleines Kind, das »Nein« schreit, wenn sich ein Fremder nähert, zieht das jedermanns Aufmerksamkeit auf das Problem und lässt den Grapscher ziemlich dumm aussehen. Oft reicht eine solche Peinlichkeit aus, um sein Verhalten zu beenden.

Das Allerwichtigste aber ist, dass du jemandem erzählst, was los ist, wenn dein Chef versucht sich an dich ranzumachen. Und du musst es sofort tun, wenn er damit beginnt. So hast du eine Person, die dir den Rücken stärkt, wenn es zur Konfrontation zwischen dir und deinem Chef kommt. Wenn es eine ältere weibliche Angestellte gibt, dürfte sie seine Tricks bereits kennen, also vertrau dich ihr an und frag sie um Rat. Wenn sie dir nur unwillig helfen will, versuch es bei jemand anders. Aber leide nicht schweigend. Niemand, weder Mann noch Frau, hat das Recht, dich so zu behandeln.

Gewalttätige Beziehungen

In manchen Beziehungen wird Gewalt zu einer Art Sprache der Liebe. Das Opfer, gewöhnlich die Frau, fürchtet den nächsten Gewaltausbruch, hat aber tief im Innern das Gefühl, dass es irgendwie ihre Schuld sei. Sie versucht alles, damit es gut läuft, und fürchtet stets, das Falsche zu sagen oder zu tun und so ihren Partner zu einem unkontrollierbaren Ausbruch von Gewalt zu provozieren. Ihm tut es danach immer sehr Leid und er sagt, dass er sich das nicht verzeihen kann und wie sehr er sie liebt und sie wird sich getröstet und geliebt fühlen. Aber der Gedanke, dass es irgendwie ihre Schuld war, verstärkt sich.

Hier sind zwei Geschichten von Mädchen, die sich in dieser Art Situation befanden.

Sheilas Geschichte

Ich war 14, als ich Jamie kennen lernte. Er war der bestaussehende Junge, den ich in meinem ganzen Leben gesehen hatte. Ich verliebte mich sofort in ihn, aber er war 19 und ich hatte ziemlich Übergewicht, also rechnete ich mir nicht die geringste Chance aus. Aber während wir in den nächsten Wochen alle zusammen herumhingen, fragte er mich schließlich, ob ich mit ihm weggehen wolle.

Von da an taten wir alles zusammen. Nach nur einer Woche sah er mir in die Augen und erklärte, wir würden eines Tages heiraten. Das erste Jahr war das glücklichste in meinem Leben und wir kamen uns immer näher. Ich konnte mich kaum mehr auf die Schule konzentrieren, sondern starrte immer aus dem Fenster und zählte die Minuten, bis wir uns wieder sehen würden. Jamie machte öf-

ter bei der Arbeit blau, damit wir mehr Zeit miteinander verbringen konnten.

Wir hatten eine sehr enge Beziehung und ich weiß, dass ich mit niemandem jemals wieder eine solche Beziehung haben werde.

Zwei Jahre nachdem wir uns kennen gelernt hatten, begann sich unsere Beziehung zum Schlechten zu verändern. Wir spielten beide gut Billard (eines der vielen Dinge, die wir gemeinsam hatten) und übten gerade bei mir zu Hause im Keller. Ich hatte aus Spaß gemogelt und eine der Kugeln bewegt, da kam er urplötzlich, ohne Vorwarnung, zu mir herüber, legte mir die Arme um den Brustkorb, hob mich hoch und stieß mir dabei die Ellbogen in die Rippen. Er trainierte Karate und wusste, wie er jemandem wehtun konnte, wenn er es wollte. Bis dahin hatte er mir nie ein Haar gekrümmt. Ich schrie vor Schmerz auf und er setzte mich ab und begann zu weinen. Er sagte, es tue ihm Leid und es würde nie wieder passieren. Ich glaubte und verzieh ihm, aber zwischen uns wurde es nie mehr so wie vorher.

Er wurde regelmäßig gewalttätig, manchmal zwei- oder dreimal die Woche. Normalerweise war es nicht allzu schlimm, nur ein blauer Fleck oder ein Schnitt, aber manchmal kam es auch zu einem heftigeren Schlag oder Stoß. Jedes Mal sagte er, es tue ihm Leid, und ich verzieh ihm und hoffte, es sei das letzte Mal gewesen. Aber natürlich war es das nie. Ich versuchte ihn zu verlassen, aber da wurde er noch gewalttätiger, und da ich ihn immer noch liebte, wurde die Gewalt zu einem Teil meines Lebens. Ich versuchte alles, damit er aufhörte, wurde selbst gewalttätig, weinte, drohte, es der Polizei zu melden, und wir trennten uns einige Male, aber jedes Mal kam er zurück und sagte, es tue ihm Leid.

Ich fragte ihn, warum er es tue, und er antwortete, er wisse es nicht. Dann begann er mir die Schuld zu geben und nach einer Weile glaubte ich das auch. Der körperliche Schmerz war jetzt nicht mehr das Schlimmste, schlimmer war der seelische Schmerz. Ich konnte ihm nur entkommen, wenn ich zu Bett ging und mich in den Schlaf weinte. Aber ich hoffte immer noch, dass eines Tages der Mann, den ich liebte, wieder zum Vorschein käme und wir wieder die wunderbare Beziehung haben könnten wie früher.

Doch es wurde noch schlimmer und rückblickend betrachtet muss ich verrückt gewesen sein, dass ich so lange bei ihm blieb. Er begann auch meine Mutter zu bedrohen. Sie hasste ihn und wollte ihm das Haus verbieten, aber ich flehte sie immer an, ihn wieder hereinzulassen, und sagte, sie würde sonst mein Leben zerstören. Dann verlor er seinen Job und begann Geld von mir zu leihen. Er begann mich anzulügen, aber als er anfing mir auch sexuell Gewalt anzutun, war es zu viel. Ich sagte ihm, dass ich ihn nie mehr wieder sehen wolle, aber er brach in Tränen aus und versprach sich zu ändern. Ich wusste, dass es nur wieder Lügen waren und dass ich es, wenn ich jetzt nicht Schluss machte, nie schaffen würde.

Es war sehr schwer, mich an ein Leben ohne ihn zu gewöhnen. Ich war inzwischen 19 und wir waren fünf Jahre zusammen gewesen. Das Schlimmste war, dass er immer wiederkam und mich anbettelte, ihm noch eine Chance zu geben. Es war so verlockend, wieder in die Falle zu gehen. Ich begann mit allen möglichen Männern zu schlafen. Ich hasste die Männer und mochte nur das Gefühl zu entscheiden, mit wem ich schlief, und das Sagen zu haben, aber ich empfand absolut nichts für sie. Ich bekam einen Ruf als Nutte und fing an zu trinken. Ich hatte gehofft, meine Probleme seien vorbei, als ich mich von Jamie trennte, aber er hatte mehr in mir kaputtgemacht, als mir klar war.

Sheila, 22

Pollys Geschichte

Ich bin mit meinen Eltern nie ausgekommen, also erzählte ich es niemandem, als ich mit 13 von vier Jungs vergewaltigt wurde. Meine Eltern dachten, ich hätte nur einen pubertären Anfall. Ich zog mich zurück und hasste mich selbst. Ich war überzeugt, dass ich fett und hässlich und allen zuwider sei.

Als ich 15 war, lernte ich Martin an der Schule kennen und er fragte mich, ob ich mit ihm gehen wolle. Ich war so glücklich, dass es endlich jemanden gab, der mich mochte. Zuerst war alles wunderbar, aber dann stellte sich heraus, dass er meine Frisur nicht mochte – also schnitt ich mir die Haare kurz. Dann wieder mochte er meine Kleidung oder mein Make-up nicht. Ich war wieder fett und hässlich. Tatsächlich war ich gar nicht mal so dick, aber wenn er es sagte, war ich überzeugt, ich sei fett. Wenn Martin merkte, dass andere Jungs mich ansahen, war es immer, »weil du so hässlich bist«. Ich glaubte ihm.

Als ich 16 war, sagte er, ich solle mir die Pille besorgen, also tat ich es. Dann hatte er *Sex. Er kümmerte sich nicht um mich und tat nichts, damit es mir gefiel. Ich beschloss, ihm von meiner Vergewaltigung zu erzählen. Er war der erste Mensch, dem ich es je erzählte. Er brachte mich zurück zu der Stelle, wo es geschehen war, und tat es dort erneut. Als ich weinte, schlug er mich.*

Von da an hatte ich jede Woche ein blaues Auge. Ich erzählte allen, ich sei gestolpert oder so. Er verbrannte mir die Hand mit einer Glühbirne. Ich habe die Narben an Beinen, Armen und im Gesicht immer noch, aber am schlimmsten in meinem Herzen. Er schlug mich, vergewaltigte und betrog mich und ich liebte ihn. Einmal war meine Periode einen Tag ausgeblieben und er dachte, ich sei schwanger, also trat er mir in den Bauch, bis ich ohnmächtig wurde. Ich hatte zu viel Angst, um ihn zu verlassen, also nahm ich Schlaftabletten und schnitt mir die Pulsadern auf. Ich hasste mich.

Erst mit 17 traf ich meinen jetzigen Freund. Ich erzählte ihm, dass Martin mich schlug, und er passte auf mich auf. Schließlich zog ich von zu Hause aus und jetzt wohne ich in einer anderen Stadt. Ich bin immer noch nervös und fast krank, wenn ich meine Familie besuche, aber ich weiß zumindest, dass Martin mich nicht mehr schlagen wird. Es hat fünf Jahre gedauert, bis ich darüber hinwegkam, und ich bin immer noch in Therapie, aber ich komme voran. Ich fühle mich nicht mehr vergewaltigt, wenn ich Sex habe, und habe mein Leben halbwegs im Griff. Ich wusste, dass ich mich aus meiner Situation hätte befreien sollen, aber ich hatte niemanden, an den ich mich wenden konnte. Ich kann jetzt gar nicht mehr fassen, dass ich mich seinetwegen hatte umbringen wollen.

Polly, 23

Du siehst aus diesen Geschichten, dass beide Mädchen durch ihren Freund von ihren Freundinnen und Familien isoliert wurden. Martin überzeugte Polly, dass sie fett und hässlich sei und niemand sonst sie lieben könnte, damit sie immer mehr von ihm abhängig wurde. Er benutzte diese Lügen, um die Macht über sie nicht zu verlieren, und jedes Mal, wenn sie versuchte sich von ihm zu lösen, bestrafte er sie.

Sheilas Freund verfuhr nach dem altbekannten Schema, sie zu schlagen und sich dann ausgiebig zu entschuldigen. Sheila bekam das Gefühl, es sei ihre Schuld und dass sie es irgendwie verdiente, wenn er ihr wehtat. Beide Mädchen sprechen von der Falle, in der sie gefangen saßen, und wie schwierig es war, sich daraus zu lösen. Sie wussten, dass sie sich befreien mussten, und obwohl sie so litten, glaubten beide, ihr Freund sei jeweils der einzige Mensch, der sie jemals lieben könnte. Ihr Selbstwertgefühl und ihre Würde waren zerstört worden. Sie konnten nicht glauben, dass sie allein existieren oder jemals einen anderen Freund finden könnten.

Der Gewalt entkommen

Du kannst dieser Gewaltspirale nur entkommen, wenn du jemandem erzählst, was vorgeht. Polly lernte einen anderen Jungen kennen, der sie mochte und ihr zuhörte, aber sie hätte sich auch einer nahen Freundin oder einem Familienmitglied anvertrauen können. Missbrauchte oder geschlagene Menschen zögern oft, die Wahrheit darüber zu erzählen, was mit ihnen geschieht (Polly ist jede Woche »gestolpert«), aber wenn sie es nur einmal schaffen, jemandem, dem sie vertrauen, die Wahrheit zu schildern, kann die schockierte Reaktion allein schon genügen, um einen Schlussstrich zu ziehen. Mit anderen Worten – du kannst dir vielleicht selbst vormachen, alles sei normal, aber wenn du es jemand anderem erzählst, beginnst du die Dinge durch deren Augen zu sehen und plötzlich kommt es dir alles andere als »normal« vor.

Zum Glück gibt es auch Organisationen, die dich unterstützen und dir helfen. Fast in jeder größeren Stadt gibt es ein »Frauenhaus« – eine Zufluchtsstätte für geschlagene Frauen –, wo du dich hinwenden kannst. Für nähere Informationen hierzu siehe die Kapitel 9 und »Hilfe«.

Der entscheidende Punkt in Pollys und Sheilas Geschichte ist, dass beide Mädchen die Beziehung trotzdem fortsetzen wollten, obwohl sie total schockiert waren, als die Gewalt ausbrach. Dass sie sich einredeten, es würde irgendwann wieder besser werden. Sie täuschten sich. Tatsache ist, dass ein Mann, der einmal gewalttätig geworden ist, dies auch weiterhin sein wird. Manchmal liegen die Ursachen in seiner Kindheit, weil Eltern oder Erziehungsberechtigte ihm gegenüber gewalttätig waren und er Gewalt mit Liebe und Zuwendung verwechselt. Aber das ist *sein* Problem und es wird nicht gelöst, solange *er* nicht Hilfe sucht. Der Punkt ist, dass *du* Hilfe brauchst und am besten sofort weggehen solltest, sobald dein Freund oder Mann anfängt dir gegenüber gewalttätig zu werden. In manchen Fällen ist Heilung eines Gewalttäters möglich, aber der Betreffende muss den Willen haben, sich zu ändern. Weinen und zu versprechen, dass die Dinge sich ändern werden, genügt nicht! *Wenn er nicht bereit ist, eine Therapie zu machen, dann musst du ihn verlassen.*

Sexueller Missbrauch

Sexueller Missbrauch ist eine andere Form von Machtmissbrauch. Wieder ist es meist jemand, der älter oder mächtiger ist und seine Position ausnutzt, um das Opfer zu dem zu zwingen, was er will. Die drohende Entdeckung wird oft gegen das Opfer eingesetzt – denn sobald es einmal zum sexuellen Kontakt mit dem Täter gekommen ist, fühlt man sich schmutzig und hat Angst, dass es jemand herausfinden könnte. Der Täter nutzt dies aus, um sein Opfer noch tiefer in das Geheimnis zu verstricken und damit weiter zu kontrollieren.

Der Großvater meiner Freundin hat mich und meine Freundin an intimen Stellen angefasst. Es ist wahrscheinlich unsere Schuld, denn wir haben Geld dafür bekommen, dass wir es ihn tun ließen. Es tut uns beiden jetzt total Leid. Das erste Mal wussten wir eigentlich gar nicht, was wir taten, bis es schon zu spät war. Und wir sagten beide, wir würden es nie wieder machen. Aber das zweite Mal war viel ärger. Wir hatten gesagt, dass wir nicht so weit gehen wollten, aber er fasste uns noch mehr an als das erste Mal, deshalb haben wir aufgehört ihn zu besuchen. Jetzt haben wir Angst, es jemandem zu erzählen, damit wir nicht zur Fürsorge kommen.

Zwei besorgte 12-Jährige

Da ist dieser Typ, der unseren Fahrradladen hat und der immer richtig nett zu mir war. Ich bin oft an den Wochenenden vorbeigegangen und er hat mich einige Male gebeten, noch dazubleiben und mit ihm nach oben zu gehen. Das erste Mal, als ich mitging, versuchte er mich anzufassen, und ich war schockiert und rannte nach Hause, aber das nächste Mal sagte er, es wäre auch für mich etwas drin, und bot mir an, mir einen guten Nachlass bei einem Fahrrad zu geben. Ich ging mit ihm nach oben und er fummelte eine Weile an mir herum. Es war damals gar nicht so schlimm, aber hinterher kam ich mir richtig schmutzig vor. Jetzt sagt er, wenn ich es nicht mehr mache, erzählt er allen, dass ich schwul bin. Ich habe richtig Angst.

John, 15

In beiden Fällen wussten die Jugendlichen, dass das, worum sie gebeten wurden, nicht ganz richtig war, aber man versuchte sie auch ziemlich raffiniert zu bestechen. Es ist schwierig, in einer solchen Situation Nein zu sagen, besonders, wenn es von jemandem kommt, den man mag und dem man vertraut. Schließlich mag dich der andere und offensichtlich macht er sich etwas aus dir, also wird er doch sicher nichts tun, was du nicht magst, oder? Aber natürlich ist in jedem dieser Fälle der Erwachsene nur daran interessiert, was er selbst bekommt. Dafür bietet er Geld an, Preisnachlässe oder einen Gefallen. Und sobald du es, wie John, einmal getan hast, hast du Angst, dass andere es herausfinden könnten. Schließlich, denkst du, ist es ja nicht so, als ob du vergewaltigt worden wärst, oder? Man hat dir etwas angeboten und du hast es genommen und dafür hast du dich vom anderen berühren und deinen Körper benutzen lassen.

Aber so einfach ist das nicht. In jedem unserer Fälle hat der Täter den Jugendlichen durch Bestechung gezwungen, etwas zu tun, was dieser eigentlich nicht wollte. *Sexueller Missbrauch beruht darauf, dass die Opfer schweigen.* Er beruht darauf, dass das Opfer sich schmutzig und schuldig fühlt hinsichtlich dessen, was stattgefunden hat. Er beruht auf der Furcht des Opfers.

Die beiden Mädchen hatten Angst, unter Fürsorge gestellt zu werden, und dies, zusammen mit der Scham darüber, Geld angenommen zu haben, bedeutete, dass sie niemandem erzählen würden, was geschehen war.

Nachdem inzwischen aber bekannt ist, wie verbreitet sexueller Missbrauch ist, gibt es Menschen, an die du dich wenden kannst, die dich anhören und dir glauben werden. Siehe hierzu die Kapitel 9 und »Hilfe«!

Egal, was man dir angeboten hat und was du angenommen hast, man wird dir nicht die Schuld geben. Die Beraterinnen verstehen, dass die Macht in dieser Situation beim Täter liegt, und er muss denn auch die ganze Verantwortung für das übernehmen, was geschehen ist.

Gemischte Gefühle

Sexueller Missbrauch ist – wahrscheinlich mehr als jede andere Form von Missbrauch – niemals einfach und unkompliziert. Wenn es nur so wäre, dass dir der berühmte große, böse Mann etwas getan hätte, dann könntest du es einfach deiner Mutter erzählen und ihn wegbringen lassen und das Leben wäre wieder in Ordnung. Sexueller Missbrauch ist jedoch, genau wie eine gewalttätige Beziehung, eine Falle. Eines der Dinge, die dich in dieser Falle gefangen halten, ist die Mischung von Gefühlen, die du danach durchlebst. Manche Menschen, wie jene in den vorhergehenden Briefen, fühlen sich schuldig, weil sie Geld oder Belohnungen akzeptiert haben. Andere schämen sich einfach nur furchtbar.

Da ich weiß, welche Mittel manche Täter anwenden, kann ich verstehen, wie peinlich es jedem jungen Menschen ist, zugeben zu müssen, was passiert ist. Aber natürlich kann nichts unternommen werden, solange die Wahrheit nicht ans Licht kommt. Viele Opfer erzählen, dass sie sich beschmutzt fühlen. Sie schaffen es nicht, zu akzeptieren, was geschehen ist, und beginnen sich selbst zu hassen. Sie sind überzeugt, dass niemand sonst sie jemals mögen oder lieben könnte, und ziehen sich oft aus ihrem Freundeskreis und von der Familie zurück.

Meine Freundinnen wollten wissen, was los ist, aber ich kann es ihnen nicht erzählen. Ich schäme mich viel zu sehr. Seit es passiert ist, kann ich nicht mehr richtig essen. Letztes Jahr wog ich nur noch 45 Kilo, inzwischen sind es aber schon wieder 63. Am Anfang bin ich fast verhungert und jetzt kann ich den ganzen Tag nur noch essen. Ich habe in den letzten beiden Monaten fast sieben Kilo zugenommen. Ich nehme schon Abführmittel, damit ich abnehme. Ich weiß, dass das schlecht ist, aber ich kann einfach nicht aufhören. Ich kann mit niemandem darüber reden, weil ich nicht möchte, dass es jemand erfährt, besonders meine Eltern nicht. Ich kann mit ihnen nicht reden, weil sie es einfach nicht verstehen würden.

Ich fühle mich so schmutzig und es ist alles meine Schuld. Warum kann ich es nicht einfach vergessen und normal weiterleben?

Carrie, 16

Carrie wurde von einem Freund der Familie vergewaltigt, aber sie ist überzeugt, dass sie niemandem erzählen kann, was passiert ist. Sie denkt, weil sie »erlaubt« hat, dass es passiert, muss es ihre Schuld gewesen sein. Die Tatsache, dass er sie angelogen und sie schließlich sogar körperlich gezwungen hat, hilft ihr dabei auch nicht. Sie hasst sich und glaubt, dass alle, die von ihrem Geheimnis erfahren, genauso empfinden würden.

Manche Menschen haben eine Riesenangst vor dem, was geschehen könnte. Die beiden Mädchen, die der Großvater bestochen hatte, befürchteten, unter Fürsorgeaufsicht gestellt zu werden. Das ist eine verständliche Furcht, denn oft besteht die einzige Möglichkeit, sexuellen Missbrauch in der Familie zu beenden, darin, entweder den Täter oder das Opfer von der Familie zu trennen. Aber die Behörden sind natürlich bemüht, so vorzugehen, dass das Opfer sich nicht noch schlechter fühlt, und es gibt, wenn nötig, die Möglichkeit des vorübergehenden Aufenthalts in einer Pflegefamilie. Zur weiteren Information siehe hierzu Kapitel 9, »Dein gutes Recht«.

Andere Opfer machen sich große Sorgen darüber, was dem Täter geschehen könnte.

Mein Vater fing an zu mir ins Zimmer zu kommen und mich zu streicheln, als meine Mutter krank war. Zuerst stand er nur da und beobachtete mich, wenn er dachte, ich schliefe, aber dann begann er sich neben mich zu legen und mich zu streicheln. Wenn ich protestierte, sagte er, es sei alles in Ordnung und er liebe mich und dass er mir so nur seine Liebe zeige. Er sagte auch, es müsse unser Geheimnis bleiben, sonst würde meine Mutter eifersüchtig werden, und weil ich ihn liebte, ließ ich ihn machen.

Schließlich begann er mich an intimeren Stellen zu betasten und ich sollte ihn auch berühren. Ich wusste, dass es nicht richtig war, aber er machte mir nie Angst und sagte immer nur, wie sehr er mich liebe.

Jetzt ist es schlimmer geworden. Er zwingt mich, Sex mit ihm zu haben, aber ich habe Angst, es jemandem zu erzählen. Abgesehen davon, was sie denken, wenn sie wüssten, dass ich so lange mitgemacht habe, habe ich auch Angst, dass sie mir meinen Vater wegnehmen. Ich mag nicht, was er mit mir macht, aber ich liebe ihn immer noch und will nicht der Grund dafür sein, dass die Familie auseinander bricht. Das könnte ich mir niemals verzeihen.

Suki, 17

Suki kennt den Mann, der sie missbraucht, sehr gut. Es ist ihr Vater und wie die meisten Kinder liebt sie ihn. Wie sollte sie mit diesem Gefühlswirrwarr, den er in ihr ausgelöst hat, allein zurechtkommen? In einem Moment mag sie ihn hassen, aber im nächsten Moment hat sie Angst, dass sie ihn verliert, und die Ursache dafür ist, dass die Familie auseinander bricht. Es ist diese Furcht, welche die Opfer am meisten bedrückt. Sobald Suki jemandem erzählt, was vorgeht, wird ihr Leben sich drastisch verändern. Ihre Familie wird auseinander gerissen und sie wird überzeugt sein, dass es allein ihre Schuld ist. Das Traurigste am sexuellen Missbrauch ist für mich, dass die Opfer die Schuld auf sich laden. Es garantiert, dass sie Monate, Jahre, vielleicht sogar für immer schweigen, aber sie gehen mit einer enormen Last von Schuldgefühlen, Furcht und unglaublichem Schmerz durchs Leben. Und doch muss es nicht so sein, denn es gibt Möglichkeiten, wie ihnen geholfen werden kann.

Warum merkte es niemand?

Ich wurde im Alter von 8 bis 12 oder 13 Jahren von einem Freund meiner Eltern missbraucht, der mein Babysitter war. Er kam in mein Zimmer, berührte mich und ich musste ihn anfassen. Ich hasste ihn, aber am meisten hasste ich meine Eltern dafür, dass sie nicht merkten, was vorging. Ich flehte sie an, mich nicht bei ihm zu lassen, und sie beschwerten sich nur darüber, wie launisch ich war, nachdem er da gewesen war. Aber sie merkten nie, was geschah.

Rückblickend weiß ich, dass ich es ihnen hätte erzählen sollen, aber als Kind ist das so schwierig. Ich wünschte mir einfach, dass sie es wissen. Ich dachte, dass sie auf gewisse Weise erlaubten, dass es geschah, und sogar wollten, dass es geschah. Das konnte ich ihnen nicht verzeihen.

Catrina, 19

Mein Vater berührte mich und tat Dinge mit mir, seit ich ungefähr sieben Jahre alt war. Er arbeitete oft weit weg von zu Hause, also war ich die meiste Zeit mit meiner Mutter allein und das war kein Problem, aber ich hasste es, wenn er zurückkam. Meine Mutter sagte immer, ich sei nur eifersüchtig auf ihn, sie blickte einfach nicht durch. Ich hoffte wohl, es würde aufhören, wenn ich älter würde, aber er tat es noch, als ich 15 war, und ich hielt es einfach nicht mehr aus. Ich kann nicht glauben, dass meine Mut-

ter es nicht merkte. Sie muss sich doch gefragt haben, was er nachts in meinem Zimmer tat, aber sie sagte nie etwas und versuchte auch nie ihn abzuhalten. Ich glaube, ich hätte mich umgebracht oder versucht ihn umzubringen, wenn ich nicht weggelaufen wäre.

Philip, 17

Sexueller Missbrauch, besonders Inzest, ist *das* Tabu. Er ist buchstäblich undenkbar und viele Menschen entwickeln eine verblüffende Fähigkeit, jeden aufkeimenden Verdacht zu unterdrücken, denn der Tatsache ins Gesicht zu sehen, wäre zu schmerzhaft. Wieder und wieder habe ich von Missbrauchsopfern gehört, die sich beschweren, dass ihre Familien, besonders ihre Mütter, sie nicht schützten. In manchen besonders traurigen Fällen haben die jungen Menschen ihren Müttern sogar erzählt, was passierte, aber sie wurden ausgelacht oder man tat es als Lügengeschichte ab. Aber die meisten haben einfach gehofft, Mutter oder Eltern würden ohne Erklärungen verstehen, was vorging, und es beenden. Aber das ist nicht leicht.

Man möchte gerne glauben, dass eine Frau alles tun würde, um ihr Kind zu beschützen, aber als dieses Kind weißt du nicht, was deine Mutter selbst durchmacht. Vielleicht wird oder wurde sie früher selbst missbraucht. Vielleicht hat sie auch Angst, dass ihr Partner sie verlässt, und ist nur allzu bereit, seine Versicherung zu akzeptieren, dass er den Kindern niemals wehtun würde. Es gibt alle Arten von Erklärungen und Entschuldigungen, aber nichts wird den Schmerz des Kindes lindern, welches das Gefühl hat, dass es dem Missbrauch ausgeliefert wurde, oder des Elternteils, der entdeckt, dass der Missbrauch praktisch vor seinen Augen stattgefunden hat.

Barbaras Geschichte

Vor siebzehn Jahren war ich 26 und geschieden mit drei Töchtern, alle unter acht. Das Leben war schwer, aber die Mädchen gaben mir Ansporn und Kraft. Jeden Abend, wenn ich sie ins Bett steckte, sah ich meine drei kleinen Engel an. Ich kämpfte mich durch die Tage, aber die Nächte waren noch schlimmer, denn ich hatte nur einen Fernseher als Trost. Es kamen keine Freunde vorbei und niemand kann diese Art von Einsamkeit nachempfinden, der sie nicht selbst erlebt hat.

Eines Abends hatte ich einen echten Tiefpunkt erreicht und entdeckte in der Zeitung eine Kontaktbörse. Ich schrieb darauf und erwartete eigentlich keine Antwort, schließlich war ich Mutter von drei Kindern. Wer würde sich darauf schon einlassen?

Aber zu meiner Überraschung kamen doch Briefe. Ich traf mich mit einigen Männern, aber keiner war der Richtige. Sie wollten eigentlich keine Frau mit Kindern. Ich hatte die Hoffnung schon fast aufgegeben, als ich einen Brief von einem Mann öffnete, der erklärte, dass er Kinder liebe, und wenn wir miteinander auskämen, würde er ihnen ein liebevoller Vater sein. Ich konnte mein Glück kaum fassen – plötzlich war da jemand, der nicht nur mich, sondern auch meine Töchter wollte.

Ich schrieb zurück, dass ich keinen Babysitter hätte, aber er schlug vor, mich eines Abends zu Hause aufzusuchen. Als ich an diesem Abend die Tür öffnete, erschrak ich. Er war um die 50 und sah verknittert aus, fast wie der typische lüsterne Alte aus einem Comic. Ich überlegte noch, ob ich ihn wirklich hereinlassen sollte, aber nachdem er ein ganzes Stück mit dem Bus gefahren war und sehr ruhig und höflich schien, dachte ich, dass ich ihm wenigstens etwas zu trinken anbieten und ihn dann wieder wegschicken würde. Aber so kam es nicht, obwohl ich bei Gott wünschte, es wäre so gewesen.

Meine drei Mädchen wachten auf und baten herunterkommen zu dürfen. Noch bevor ich wusste, was los war, standen sie im Wohnzimmer. Sie mochten ihn und fragten, ob er wiederkommen würde. Er sah mich an und sagte: »Das hängt von eurer Mutter ab.« Sie bettelten: »Ach bitte, kann er nicht wiederkommen?«, und natürlich kam er Abend für Abend. Ich war nicht mehr einsam und meine Kinder hatten eine Art Vater.

Drei Monate später waren wir verheiratet. Als ich die Kisten auspackte, die er mitbrachte, entdeckte ich Briefe an ihn, die ans Gefängnis adressiert waren. Ich werde nie die Wahrheit darüber erfahren, was er getan hat, aber ich wusste bereits, dass ich falsch gehandelt hatte. Ich erlebte die Hölle mit ihm. Es gibt nichts, was er mir nicht angetan hätte. Acht Jahre lang lebte ich mit diesem Mann zusammen und litt. Und wie er vorher sagte, liebte er tatsächlich Kinder. Er hatte seine eigenen kleinen Geheimnisse mit meinen Kindern, ohne dass ich es je merkte. Er liebte sie so, dass er sie sexuell missbrauchte, eines nach dem anderen.

Barbara, 43

Barbara wird nie vergessen, was geschehen ist. Genauso wenig wie ihre Kinder. Sie glaubte das Beste für sie zu tun und selbst als die Ehe immer schlechter lief, kam sie nicht auf den Gedanken, er könnte ihren Töchter etwas antun.

Missbrauch in der Familie ist undenkbar – folglich denken wir erst gar nicht daran. Das ist unser Fehler. Als Opfer kannst du also nicht erwarten, dass die anderen deine Gedanken lesen können. Sie merken vielleicht, dass du aufgeregt und durcheinander bist, und hören, wenn du sagst, dass du nicht mit dem und dem allein sein willst, aber das bedeutet noch lange nicht, dass sie dich verstehen. Damit das geschieht, musst du ihnen direkt sagen, was vorgeht, und das ist das Schwerste überhaupt. Aus diesem Grund ist es für Missbrauchsopfer oft leichter, zuerst mit jemandem außerhalb der Familie zu sprechen.

Wem sollst du es erzählen?

Wenn du missbraucht wirst, ist es absolut notwendig, dass du es jemandem erzählst. Tust du das nicht, hast du keine Chance auf ein Entkommen. Es ist sehr schwer, den Mut dazu zu finden, aber es ist dein einziger Ausweg. Wähle jemanden, dem du vertraust, zum Beispiel die Eltern einer Freundin oder irgendeine Verwandte. Sag ihnen, du hättest ein Problem und große Angst und bräuchtest ihre Hilfe. Wenn du Glück hast, verstehen sie, dass es um etwas Ernstes geht, und schenken dir ihre uneingeschränkte Aufmerksamkeit. Aber wenn sie dir nicht zuhören oder dich mit Entschuldigungen abspeisen wollen, *musst du es jemand anders erzählen.*

Organisationen wie der Kinderschutzbund haben ein Kinder- und Jugendtelefon, wo du kostenfrei anrufen kannst. Siehe hierzu die Kapitel 9 und »Hilfe«!

Als ich sechs war, wurde ich von meinem Onkel missbraucht und es ging vier Jahre lang weiter. Ich behielt dies weitere fünf Jahre für mich, dann erzählte ich es meiner besten Freundin, die es ihrem Stiefvater erzählte. Er schien damals sehr verständnisvoll, aber was ich nicht wusste, war, dass er bereits meine Freundin und ihre Schwester missbrauchte. Ein paar Wochen später tat er es auch mit mir.

Ich ging nicht mehr hin , aber ich hatte Angst, es jemandem zu erzählen. Später warf er meine Freundin raus, weil sie einen Freund hatte, und sie wohnte vorübergehend bei mir. Schließlich ging sie zur Polizei und er wurde eingesperrt. Es gab eine Gerichtsverhandlung und er bekam fünf Jahre Gefängnis.

Wir bekamen viel Hilfe von netten Sozialarbeiterinnen. Ich möchte, dass andere Jugendliche wissen, dass es inzwischen auch die Möglichkeit gibt, eine Aussage auf Video aufzunehmen, sodass man nicht im Gerichtssaal aussagen und die ganzen schlimmen Gefühle noch einmal durchmachen muss.

Pauline

Ich bin 18 und wurde sechzehn Jahre lang von meinem Vater und anderen Familienmitgliedern missbraucht. Ich dachte immer, es sei alles meine Schuld, aber ich hatte niemanden, dem ich es erzählen konnte.

Schließlich erzählte ich es in meiner Verzweiflung der Mutter meiner besten Freundin. Zuerst glaubte sie mir nicht und wusste offensichtlich nicht, was sie davon halten sollte, weil meine Eltern so angesehen sind. Aber sie hörte mich an und bot mir Hilfe an. Sie setzte sich mit dem Jugendamt in Verbindung und ich bekam einen Beratungstermin. Man riet mir, vorübergehend bei den Eltern meiner Freundin zu wohnen, die mich zum Glück auch aufnahmen, also konnte ich bei jemandem sein, dem ich vertraute.

Es ist wirklich das Beste, was man in einer solchen Situation tun kann, es jemandem zu erzählen. Du darfst dir von denen, die dich missbrauchen, nicht dein Leben kaputtmachen lassen und genau das passiert, wenn es immer weitergeht. Ich habe auch jetzt noch Probleme. Ich habe immer noch Schuldgefühle und fühle mich schmutzig. Ich hatte versucht mich umzubringen, wegen dem, was sie mit mir gemacht haben. Gott sei Dank hatte ich dann aber über drei Jahre lang eine Beratung und Therapie. Das Wichtigste ist, dass man nicht im Geheimen leiden darf.

Suzanne

So fängt der Teufelskreis an

Wie Missbrauch später zu Problemen führt

Missbrauch kann zu einem Ende kommen, weil der Täter wegzieht oder ein anderes Opfer findet oder weil du selbst ihm ein Ende setzt. Aber das ist noch lange nicht das Ende der Geschichte. Missbrauch hinterlässt nicht nur körperliche Verletzungen. Meist sind die seelischen Narben viel tiefer und hartnäckiger. Kinder oder Jugendliche, die ihre erste Erfahrung mit Sex auf diese Weise machen, finden es oft sehr schwer, später im Leben »normale« Beziehungen zu haben. Ein Mädchen, das missbraucht wurde, mag sich danach sehnen, einen Freund zu finden, aber wenn sie ihn gefunden hat, kann es sein, dass ihr jedes Mal, wenn er sie anfasst, übel wird. Ein Junge, der von einem Mann missbraucht wurde, ist verwirrt und fragt sich, ob er nun homosexuell ist oder nicht. Er kann Panik vor Mädchen bekommen, und wenn er sich dann doch mit ihnen trifft, feststellen, dass Küssen und Berühren in ihm Abneigung hervorrufen. Möglicherweise geht er homosexuelle Beziehungen zu älteren Männern ein, weil er auf Grund dessen, was mit ihm geschehen ist, überzeugt ist, es müsse so sein.

In meiner Arbeit mit älteren Frauen erhalte ich oft Briefe von Menschen, die vor vielen, vielen Jahren missbraucht wurden. Als Folge davon haben sie ihr Selbstvertrauen verloren und sind überzeugt – wenn auch nicht auf einer bewussten Ebene –, dass sie eine echte Liebesbeziehung nicht verdienen. Sie geraten immer wieder in missbräuchliche Beziehungen, wobei jedes Mal die unterbewusste Meinung bestätigt wird, dass dies alles ist, was sie wert sind. Das

Traurigste daran ist, dass viele dieser Menschen gar nicht verstehen, warum ihr Leben so verlaufen muss.

Mein Vater hat mich missbraucht, als ich sieben war, und das ging so, bis ich 14 war. Ich heiratete mit 17, hauptsächlich um ihm zu entkommen. Die Ehe dauerte nur elf Jahre und seitdem habe ich mehrere Beziehungen gehabt, auf der Suche nach einer sicheren und festen Partnerschaft. Ich war mit einem Mann zwanzig Jahre zusammen, aber er missbrauchte mich sowohl körperlich als auch seelisch. Er starb und ich lernte einen anderen kennen, der genauso war, wie ich es mir gewünscht hatte, nett, zärtlich und lieb. Aber er war auch sehr eifersüchtig und fordernd und verhörte mich ständig. Ich scheine einfach nicht den richtigen Mann finden zu können. Ständig suche ich mir Männer aus, die mich missbrauchen, und ich verstehe nicht, warum.

Vera, 55

Ich war das einzige Mädchen bei uns zu Hause und als ich acht war, begann mein Vater mich intim zu berühren und meine Mutter war ständig sehr wütend und schlug mich. Ich nahm mir vor, von zu Hause wegzulaufen, sobald ich 16 war, und mit 15 wurde ich schwanger. Ich heiratete den Vater des Kindes und hatte schnell zwei weitere. Mein Mann begann mich zu schlagen, als wir ein Jahr verheiratet waren, und jetzt, während ich das hier schreibe, habe ich einen gebrochenen Kiefer. Ich verbrachte eine Woche im Krankenhaus und habe ihm gesagt, dass ich ihn nicht mehr im Haus haben will, aber ich weiß, dass er irgendwie immer wiederkommt. Er hat jedes Mal, wenn er mich schlägt, eine Entschuldigung und sagt mir, ich bringe ihn so weit. Manchmal frage ich mich, ob ich noch verrückt werde.

Ich weiß, dass er in ein paar Tagen wieder auftauchen wird, um zu sehen, ob ich ihn zurückkommen lasse, aber ich möchte einfach, dass er für immer wegbleibt.

Polly, 23

Diese Frauen leiden immer noch unter den Auswirkungen von Dingen, die ihnen als Kind passiert sind. Aber es ist nicht zu spät für sie, sich helfen zu lassen. Es gibt auf Missbrauchsfragen spezialisierte Beratungsstellen, wo sie mehr darüber erfahren können (siehe hierzu die Kapitel 9 und »Hilfe«).

Je früher sie Hilfe bekommen und ihnen klar wird, dass es nicht ihre Schuld ist, desto früher werden sie in der Lage sein, ihr eigenes Leben zu führen.

Opfer und Überlebende

Dieses ganze Kapitel hindurch habe ich über die Opfer von sexuellem Missbrauch gesprochen. Aber man braucht nicht für immer ein Opfer bleiben. Ein Opfer schweigt und lässt zu, dass etwas geschieht. Ein Opfer fühlt sich hilflos. Aber indem du den Mut aufbringst, jemandem zu erzählen, was vorgeht, machst du den ersten Schritt auf der Straße der Überlebenden. Es ist keine leichte Verwandlung und sie geschieht auch nicht über Nacht. Du magst über sehr lange Zeit Hilfe benötigen, vielleicht sogar über Jahre. Aber es gibt mehr und mehr glückliche und erfolgreiche Überlebende von Missbrauch und viele von ihnen sind bereit, anderen in der gleichen Lage zu helfen.

Oft denken die Opfer, dass sie mit ihrem Schmerz am besten klarkommen, wenn sie ihn tief in sich vergraben. Der Gedanke, sich dem, was geschehen ist, zu stellen, versetzt sie in Panik und so zwingen sie sich zu »vergessen«. Ich kann verstehen, dass dies nahe liegend erscheint, aber es funktioniert praktisch nie. Menschen, die es tun, versuchen vor dem Problem wegzulaufen, aber das geht nicht – denn sie nehmen es mit. Sie denken, sie hätten es überwunden, aber früher oder später passiert etwas – und sie finden heraus, dass die Vergangenheit sich immer noch auf die Gegenwart auswirkt. Sie können Beziehungs- und sexuelle Probleme haben, ja sogar dazu neigen, sich selbst zu zerstören oder eine Essstörung zu entwickeln. Mit anderen Worten, sie bleiben Opfer.

Vor kurzem sprach ich bei einer Konferenz über Inzest und Missbrauch. Danach sprach mich eine etwa vierzigjährige Frau namens Lynne an. Sie erzählte mir, dass sie als Kind jahrelang missbraucht worden sei und es ihr deshalb immer schwer fiel, eine Beziehung einzugehen. Sie hatte Freunde, aber sobald es zum Sex kam, war sie wie versteinert und brach die Beziehung ab, aus Angst, der andere könnte ihr zu nahe kommen und sie verletzen. Sie führte viele Jahre lang ein unglückliches und einsames Leben und dann las sie eines Tages einen Leserbrief und meine Antwort in der Sorgenspalte. Der Brief war von einer Frau, die ebenfalls missbraucht worden war, und ich hatte geantwortet, wie schwer es sei, den ersten Schritt zu machen und um Hilfe zu bitten, und vorgeschlagen, dass sie, anstatt dazusitzen und darüber zu brüten, einfach tief Luft holen, nach dem Telefon greifen und die Nummer der Notrufstelle für Vergewaltigungsopfer wählen sollte.

Lynne sagte, sie habe den Brief mit Tränen in den Augen

gelesen und sich sehr stark mit der Schreiberin identifiziert, und als sie meine Antwort las, plötzlich gedacht: »Warum eigentlich nicht?« Sie wusste, dass sie den Mut wieder verlieren würde, wenn sie auch nur eine Minute wartete. Also nahm sie ganz schnell den Hörer ab, rief die Nummer an, und als sich jemand meldete, sagte sie: »Bitte, können Sie mir helfen? Ich wurde missbraucht und ich weiß einfach nicht, was ich tun soll.«

Das war vor drei Jahren. Lynne hat inzwischen viele Beratungs- und Therapiegespräche hinter sich und fühlt sich wie ein neuer Mensch. Sie hat eine gute, liebevolle Beziehung mit einem verständnisvollen Mann und lässt sich selbst zur Beraterin ausbilden, um Leuten zu helfen, die das Gleiche erlitten haben. Sie kennen zu lernen zeigte mir, wie wichtig es ist, die Menschen dazu zu ermutigen, dass sie sich Hilfe holen. Sie zeigte mir, dass es funktioniert. Danke, Lynne!

8

Sag, was du meinst, und du kriegst, was du willst

Praktische Tipps

In diesem Buch habe ich versucht dir Möglichkeiten aufzuzeigen, wie du mit schwierigen Situationen klarkommen kannst. In jedem Kapitel stehen Hinweise darauf, wie du es anstellen sollst, aber trotzdem könnte es sein, dass du dich immer noch zu unsicher und zu schüchtern fühlst, um den ersten Schritt zu machen. In diesem Kapitel geht es darum, für dich zu entscheiden, was du selbst willst, und dann den Mut aufzubringen, die ersten Schritte in diese Richtung zu gehen.

Entscheide, was du willst

Es kann sehr schwer sein herauszufinden, was man will. Mit Freundinnen oder Familienangehörigen darüber zu reden, kann dir helfen deine Gefühle zu sortieren, aber manchmal bringt dich ihre Meinung nur noch mehr durcheinander. Es ist aber äußerst schwer, etwas für dich zu tun, solange du nicht weißt, in welche Richtung du dich bewegen willst.

Viele von den Briefen, die ich durch die Sorgenseite bekomme, stammen von jungen Menschen, die mir seitenlang von ihren Problemen erzählen und am Ende schreiben, dass sie sich – egal, ob sie nun eine Antwort bekommen oder nicht – bereits viel besser fühlten, nur weil sie die Dinge endlich mal zu Papier gebracht hätten.

Um etwas aufzuschreiben, musst du deine Gedanken ordnen und dieser Prozess kann wundersamerweise vieles bereits klären. Nicht dass nun alle gleich an eine Zeitschrift schreiben müssen, aber wenn du über eine Situation in deinem Leben sehr verwirrt bist, kann es sehr nützlich sein, deine Gedanken zu ordnen, indem du sie aufschreibst. Du kannst dies in Form eines Briefes tun – und du kannst ihn sogar jemandem schicken, dem du vertraust. Du kannst auch ein Tagebuch führen – achte aber darauf, dass es sicher weggeschlossen ist, wenn du nicht willst, dass es jemand liest. Deine Gefühle Tag für Tag aufzuschreiben kann helfen, dass du nicht durchdrehst, und wenn du zu früheren Einträgen zurückblätterst, erkennst du vielleicht ein Muster, nach dem regelmäßig etwas falsch läuft. Um deine Gefühle zu ordnen, kannst du zudem auch eine Liste von Gründen »Dafür« und Gründen »Dagegen« machen.

Dafür und Dagegen

Stellen wir uns zwei unterschiedliche Situationen vor:

Cheryl ist 15 und passt regelmäßig für eine Familie im nächsten Ort auf deren zwei kleine Töchter auf. Die Eltern sind mit ihren Eltern befreundet. Cheryl gefällt es, auf die Mädchen aufzupassen, und das Geld kann sie auch gut brauchen. In letzter Zeit jedoch macht der Vater der Kinder (der Cheryl nach dem Abend immer nach Hause fährt) Annäherungsversuche. Zuerst sagte er, er habe sie gern, und dann küsste er sie des Öfteren zum Abschied auf die Wange. Letzte Woche machte er auf dem Heimweg einen Umweg und parkte in einer verlassenen Straße. Er legte den Arm um sie und versuchte sie zu küssen und als sie ihn wegschob, sagte er, sie solle sich nicht so anstellen. Sie versuchte auszusteigen, aber er sagte, sie benähme sich wie ein Baby, und fuhr sie nach Hause. Cheryl fühlt sich bei der Sache unwohl, aber sie möchte auch den Job nicht verlieren. Und sie denkt, wenn sie es ihren Eltern erzählt, werden sie auf sie wütend oder unterstellen ihr vielleicht sogar, dass sie es erfunden hat.

Richard ist 17 und geht seit eineinhalb Jahren mit seiner Freundin Julia. Er steht kurz vor dem Schulabschluss und will dann auf die Universität. Bis dahin hat er noch nie richtig darüber nachgedacht, was aus ihnen beiden wird, wenn er auf die Uni geht und dazu die Stadt verlässt. Jetzt wird es zu einem großen Problem, denn Julia hat Angst davor, dass er weggeht, und übt Druck auf ihn aus, dass er zu Hause bleibt und dort auf die Uni geht. Als Folge davon streiten sie oft oder Julia ist beleidigt und Richard versucht sie zu versöhnen. Er fühlt sich hin und her gerissen; einerseits möchte er zu ihr stehen, denn sie sind schon so lange zusammen. Doch andererseits braucht er auch Zeit und Energie für die Schule und seine Freunde beschweren sich bereits, dass es mit ihm keinen Spaß mehr mache und er nie mehr mit ihnen weggehe.

Als Erstes müssen sowohl Cheryl als auch Richard die Frage, über die sie sich Gedanken machen, auf den Punkt bringen.

In Cheryls Fall lautet sie wahrscheinlich: »Soll ich weiter für diese Familie babysitten?« Sie schreibt die Frage auf und macht dann zwei Spalten mit Argumenten dafür und dagegen.

Cheryls Liste

Frage: Soll ich weiter für diese Familie babysitten?

Dafür	Dagegen
Ich mag die Kinder.	Ich mag nicht, dass er mich anfasst.
Ich brauche das Geld.	Ich habe Angst, mit ihm allein zu sein.
	Ich will nicht, dass seine Frau sieht, was er macht, und sich aufregt.
	Ich will nicht, dass meine Eltern denken, ich hätte ihn dazu ermutigt.

In diesem Fall denke ich, dass Cheryl selbst sehen würde, wie sehr das Negative (Dagegen) das Positive (Dafür) aufwiegt. Sie muss etwas tun, um zu verhindern, dass die Situation schlimmer wird. Auf der einen Seite mag sie den Job (und das Geld), aber auf der anderen Seite hat sie Angst davor, was passieren könnte, und dass ihr und anderen wehgetan werden könnte, wenn dieser Mann sein Verhalten fortsetzt. Die Liste zu schreiben, hat ihr geholfen die verschiedenen Teile des Problems zu erkennen. Als nächsten Schritt muss sie sich überlegen, was sie tun kann, um die Dinge zu ändern.

Richard überlegt ebenfalls, ob er etwas fortsetzen soll oder nicht – in seinem Fall seine Beziehung mit Julia.

Richards Liste

Frage: Soll ich weiter mit Julia zusammenbleiben?

Dafür	Dagegen
Ich mag sie wirklich.	Ich mag nicht, dass wir uns ständig streiten.
Wir sind schon lange zusammen.	Ich möchte mehr Zeit mit meinen Freunden verbringen.
Wir haben gemeinsam viel Schönes erlebt.	Ich möchte Zeit haben, um mehr zu lernen.
Ich will ihr nicht wehtun.	Ich möchte mich auf das Weggehen und auf die Universität freuen.

Richard könnte klar werden, dass er Julia mag, obwohl ihr Verhalten ihn ärgert und daran hindert, dass er sein Leben genießt. Sein Ziel muss sein, einen Weg zu finden, um die Situation so zu verändern, dass die Probleme und die Streitereien aufhören und er mehr Zeit für sich hat. Als nächsten Schritt muss er sich überlegen, welche Möglichkeiten er hat.

Was kannst du dagegen tun?

Eine Liste zu erstellen, hilft dir zu erkennen, was wichtig für dich ist und was du lieber ändern möchtest. Der nächste Schritt ist, dir die Möglichkeiten anzusehen, die du hast, um deine Situation zu ändern. Cheryl zum Beispiel könnte:

1. So weitermachen wie bisher.
2. Dort nicht mehr babysitten.
3. Ihren Eltern erzählen, was passiert ist, und sie bitten ihr zu helfen.
4. Der Ehefrau erzählen, was vorgeht.
5. Weiter babysitten, aber dafür sorgen, dass sie am Abend anders nach Hause kommt.
6. Diesem Mann sagen, dass sie nicht an ihm interessiert ist und dass er sie in Ruhe lassen soll.

Wie du siehst, hat sie eine ganze Reihe von Möglichkeiten, aber es gibt keine, die ihr Problem auf einmal lösen wird. Ich würde ihr raten, dort nicht mehr hinzugehen und einem Erwachsenen, zum Beispiel ihrer Mutter, zu erzählen, was passiert ist. Aber nehmen wir an, Cheryl will gerade das noch nicht tun. Sie kann offensichtlich nicht so weitermachen wie bisher und hat vielleicht auch keine andere Möglichkeit, anderweitig nach Hause zu kommen. Ich bin sicher, dass ihr die Idee, es seiner Frau zu erzählen, zutiefst zuwider ist, und selbst wenn sie es täte, könnte sie wahrscheinlich nicht mehr weiter dort arbeiten. Ihren Eltern erzählt sie es vielleicht auch nicht gerne, aus Angst vor dem, was sie denken könnten, also bleiben ihr als Hauptmöglichkeiten, entweder den Job hinzuschmeißen oder es mit dem Mann selbst aufzunehmen.

Cheryl müsste diese Entscheidung erst einmal allein treffen, aber eine mögliche Handlungsweise wäre, diesem Mann entgegenzutreten und ihm einfach, aber deutlich zu sagen, dass sie sein Verhalten nicht mag und dass sie, wenn er damit nicht aufhört, alles ihren Eltern erzählen und nicht mehr zum Babysitten kommen wird. Jemandem dies ins Gesicht zu sagen, erfordert viel Mut, aber es besteht die Möglichkeit, dass sich die problematische Situation dadurch auflöst. Wenn das nicht geht, muss sich Cheryl auf alle Fälle aus ihrer Lage befreien. Das heißt, sich vom Babysitten verabschieden und unbedingt jemandem erzählen, was mit dem Mann los war.

Richards Überlegungen gehen dahin, ob er weiter mit Julia zusammenbleiben soll oder nicht. Seine Möglichkeiten könnten wie folgt aussehen:

1. So weitermachen wie bisher.
2. Jetzt Schluss machen.
3. Warten, bis er auf die Universität geht, und sehen, was passiert.
4. Sich auf Probe trennen.
5. Weiter miteinander gehen, aber sich weniger sehen, damit er mehr Zeit zum Lernen und für Freunde hat.

Beim Blick auf diese Liste wird Richard wahrscheinlich klar werden, dass die letzte Möglichkeit für ihn die beste wäre. Aber wie würde sich Julia dabei fühlen? Im Augenblick hat sie Angst, ihn zu verlieren, deshalb ist sie auch so besitzergreifend – aber er möchte am liebsten etwas weniger Zeit mit ihr verbringen.

Es gibt eine offensichtliche Lösung, die Richard aber vielleicht wegen all der Streitereien nicht eingefallen ist. Der Schlüssel zum ganzen Problem ist, dass er Julia nicht gesagt hat, was er wirklich empfindet. Er sollte ihr also erklären, was er denkt, und sie bitten ihm bei der Lösung des Problems zu helfen. Er weiß, dass er mehr Zeit für sich braucht und will, aber er möchte auch mit ihr zusammenbleiben. Wenn Julia begreifen kann, dass er noch anderweitig unter Druck steht, versteht sie vielleicht auch, dass er nicht mit ihr Schluss machen, sondern nur die Umstände ihrer Beziehung etwas verändern will.

Natürlich hat sie auch Angst davor, wie es zwischen ihnen beiden werden wird, wenn er auf die Universität geht, und das ist etwas, worüber die beiden wirklich dringend reden müssen. Nicht zu wissen, was passiert, macht immer Angst. Die Situation zu durchschauen und zu diskutieren, dürfte Julia dagegen mehr Sicherheit geben. Zwar muss Richard klar und deutlich aussprechen, dass er mehr Zeit für sich braucht, aber es kann sein, dass sie ihm dann zustimmt. Wenn nicht, wird es entweder zu einer Trennung auf Probe kommen oder sie trennen sich endgültig.

Sag, was du willst – Tipps für mehr Selbstvertrauen

Der Haken bei der Selbstfindung ist, dass du deine Entscheidung immer noch jemand anderem beibringen musst. Dies ist ganz schön schwierig, denn es ist auch eine Machtfrage. Deshalb habe ich während des ganzen Buches immer wieder betont, wie wichtig die Verteilung von Macht und Stärke in Beziehungen ist. Jugendlichen fehlt dieses Gefühl von Stärke oft, aber es gibt Tricks, um sich selbstbewusster zu fühlen.

Schritt 1: Wissen, dass jeder sich so fühlt

Das hört sich unglaubhaft an, aber es ist wahr. Praktisch jeder Mensch fühlt sich manchmal schüchtern, verlegen, unsicher oder hilflos. Diejenigen, die du am meisten für ihre Selbstsicherheit bewunderst, können wahrscheinlich einfach nur besonders gut schauspielern. Und darum geht es denn auch bei Selbstsicherheit nicht wenig. Es ist ein Trick, ein Bild, das jemand von sich zu vermitteln vermag, und er funktioniert so gut, dass er denen, die ihn anwenden, auch gleichzeitig das Selbstvertrauen gibt, das sie suchen.

Je älter du wirst, desto selbstbewusster wirst du auch, aber das dauert eben. Kürzlich sprach ich mit einer Freundin, die gerade 50 geworden war. Sie hatte ihren Geburtstag nicht gerade herbeigesehnt, sich dann aber plötzlich erwachsen gefühlt. Endlich gehörte das Gefühl, ständig wegen irgendwas verlegen zu sein, der Vergangenheit an. Dadurch bekam sie einen neuen Job und schreibt jetzt ein Buch. Das ist absolut toll, aber ich hoffe natürlich, dass niemand von euch bis 50 warten muss, bevor dieses Gefühl sich einstellt!

Schritt 2: Entscheiden, was du sagen willst

Wenn es in einer Beziehung ein Problem zu klären gibt, wird natürlich immer eine Menge geredet und wahrscheinlich kommen auch eine Menge Emotionen hoch, aber du solltest dir in allem Trubel einen einfachen, deutlichen Satz oder eine Idee merken, die du unbedingt mitteilen willst. Bei Cheryl könnte das sein: »Ich mag nicht, was Sie machen, und ich bin nicht bereit, es mir länger gefallen zu lassen.« Bei Richard könnte es sein: »Ich mag dich sehr, aber ich brauche mehr Zeit für mich.«

Schritt 3: Deine Botschaft rüberbringen

Die deutlichste Botschaft ist auch die einfachste – aber du musst darauf achten, dass du sie ganz direkt rüberbringst. Du fühlst dich vielleicht etwas unsicher, aber du weißt genau, was du dem anderen klarmachen möchtest. Wenn du in einer Ecke stehst und es deinen Schuhen zumurmelst, hilft dir das nicht weiter. Wenn du der anderen Person dabei in die Augen siehst, wirkst du viel selbstbewusster.

Schüchterne Menschen finden es sehr schwierig, anderen beim Gespräch ins Gesicht zu sehen, und dies vermittelt den Eindruck, dass sie gar nicht meinen, was sie sagen. Wenn du deinem Gegenüber nicht direkt in die Augen sehen kannst, dann konzentriere dich auf einen Punkt zwischen den Augenbrauen. Du musst den Blick nicht länger dort lassen, als es dauert, deine Schlüsselbotschaft loszuwerden, aber schon diese wenigen Sekunden werden deinen Worten einen unglaublichen Nachdruck verleihen. Du kannst dies (unauffällig) vorher bei einer Freundin oder einem Freund üben – es hilft wirklich!

Schritt 4: Sich kurz und einfach fassen

Wenn du unsicher bist (oder Angst hast, die Gefühle der anderen Person zu verletzen), kommst du leicht in Versuchung, die Botschaft in jede Menge bedeutungslose Phrasen zu verpacken wie: »Tja, ich habe nur überlegt, wenn es dir nichts ausmacht, es ist nur, dass ich dachte, es wäre vielleicht eine gute Idee, vielleicht, möglicherweise, wenn es dir Recht ist ...« Das sind alles sehr nette Sätzchen, die zeigen, dass du ein netter Mensch bist, aber sie werden dir nicht weiterhelfen. Sie verlängern den Schmerz nur. Also sieh deinem Gegenüber ins Gesicht und sag, was du zu sagen hast, einfach und deutlich.

Schritt 5: Die Gefühle der anderen Person zur Kenntnis nehmen – aber die Botschaft im Auge behalten

Was du zu sagen hast, wird auf die andere Person eine gewisse gefühlsmäßige Wirkung haben. Er oder sie kann überrascht, schockiert, traurig, voller Angst oder was auch immer reagieren und wird fast sicher versuchen dich dazu zu überreden, dass du deine Meinung änderst. Bleib fest. Nimm die Gefühle mit einer Bemerkung wie »Tut mir Leid, dass das ein solcher Schock für dich ist, aber ...« zur Kenntnis – und komm dann wieder auf dein Anliegen zurück und wiederhole deine Botschaft. Auch wenn du dir dabei wie ein Papagei vorkommst. Es ist entscheidend, dass du immer wieder auf das Hauptthema zu sprechen kommst. Wenn du mir nicht glaubst, hör mal einem Politiker zu. Egal, wie das Publikum auch versucht ihn zu unterbrechen, ein guter Redner, eine gute Politikerin kehrt immer wieder zur Kernaussage zurück und hämmert sie dem Publikum förmlich ein. So gewinnt man.

Schritt 6: Nicht wütend werden

Versuch so ruhig wie möglich zu bleiben. Wenn die andere Person wütend oder aufgeregt wird, dann sag: »Bitte sei nicht böse, wir *müssen* das besprechen.« Sag es ruhig und wiederhole es. Wenn es wirklich nichts nützt, dann sag, dass ihr die Angelegenheit später noch einmal bereden müsst, wenn dein Gegenüber sich wieder beruhigt hat.

Schritt 7: Dein persönliches Zaubermittel finden

Manche Leute setzen Tricks ein, um sich eine Extraportion Selbstbewusstsein zu verschaffen. Sie haben ein geheimes Zauberwort oder ein Lied, das sie in Gedanken wiederholen, um sich besser zu fühlen. Du musst etwas mit einer besonderen Bedeutung für dich wählen – und etwas mit ein wenig Schwung.

Ein paar Zeilen aus einem aufrüttelnden Gedicht oder der Refrain eines klassischen Songs wie »I will survive«

Sag, was du willst – Tipps für mehr Selbstvertrauen

Egal, wie cool sie wirken, alle haben ihre Momente des Selbstzweifels.	1. Denk daran, dass jeder sich so fühlt.
Du kannst kein Selbstvertrauen ausstrahlen, wenn du nicht weißt, was du sagen willst.	2. Entscheide, was du sagen willst.
Versuch deinem Gegenüber in die Augen zu sehen. Wenn dir das Angst macht, dann konzentriere dich auf die Augenfarbe, so vergisst du die Person dahinter.	3. Bring deine Botschaft rüber.
Du weißt, was du sagen willst – also sag es!	4. Mach es kurz und einfach.
Sag, was du meinst – und bleib dabei. Lass dich nicht ablenken.	5. Nimm die Gefühle der anderen Person zur Kenntnis, aber komm wieder auf deine Botschaft zurück.
Keine Gefühlsausbrüche.	6. Werde nicht wütend.
Denk an dein geheimes Zaubermittel. Es wird dir Mut und Ruhe verleihen.	7. Such dir ein persönliches Zaubermittel – ein paar Worte oder eine Melodie.

kann dir eine Extraportion Schubkraft verschaffen, wenn du nervös bist oder dich zu schwach fühlst. Such dir etwas rhythmisch Gleichmäßiges, nicht zu Schnelles aus, dann atmest du auch gleichmäßiger und wirst automatisch ruhiger.

Dann heißt es, Kopf hoch, Augen geradeaus und durch!

Happy End

Leider ist die Lektüre dieses Buches keine Garantie dafür, dass du von nun an glücklich und zufrieden leben wirst. Ich hoffe aber, dass du – nachdem du von den Problemen anderer gehört hast und wie sie damit klarkommen – in der Lage sein wirst, einige deiner eigenen zu lösen, wenn nicht jetzt, dann später. Wir kommen alle auf unterschiedliche Weise klar, aber das Wichtigste ist, nicht Opfer zu sein, sondern zu den so genannten Überlebenden zu gehören. Du hast entdeckt, was du nicht willst – also musst du nur noch klären, was genau du willst und wie du es bekommst. Dann übernimmst du einfach die Initiative und los geht's.

In der Einleitung habe ich von den Menschen erzählt, deren Geschichte ich miterlebt habe, und du hast im Laufe des Buches erfahren, was mit ihnen geschehen ist – mit allen, bis auf Corinne. Sie war das Mädchen, das ihren Freund für Steve verließ, für einen Jungen, den sie gerade erst kennen gelernt hatte. Sie verlobten sich bei ihrem dritten Date und dann begann Steve über ihr Leben zu bestimmen.

Corinnes Geschichte – Fortsetzung

Die Situation wurde noch schlimmer, sobald wir verlobt waren, Steve demütigte mich öffentlich und behandelte mich ohne allen Respekt. Wir stritten uns ständig. Wenn ich einen Rock trug, der über den Knien endete, oder Make-up, dann war ich eine Schlampe, dabei hatte ich an dem Abend, an dem ich ihn kennen gelernt hatte, einen Minirock und Make-up getragen. Ich versuchte ihm zu erklären, dass ich in meiner Arbeit gepflegt aussehen müsse, aber schließlich gab ich nach.

Von da an trug ich lange, weite Röcke und schminkte mich nicht mehr. Seinetwegen sah ich langweilig und farblos aus und ich war auch müde und fast krank von der ständigen Streiterei und in der Arbeit oft den Tränen nah. Ich weiß weder, warum ich mich so unterdrücken ließ, noch warum ich so lange weitermachte, wo ich doch wusste, dass etwas nicht stimmte. Ich kann nicht einmal sagen, dass ich Angst vor ihm hatte, und gelegentlich schaffte ich es, mich gegen ihn zu behaupten. Aber die Zeiten, in denen ich nicht für meine Ansichten und Gefühle einstand, waren häufiger als jene, in denen ich das fertig brachte.

Jeden Tag »musste« ich ihn in meiner Mittagspause anrufen, und wenn ich spät dran war oder sich meine Pause verschoben hatte, dann war die Hölle los. Wo ich gewesen sei und ob ich ihn anlüge, hatte ich etwas mit einem der Männer in meinem Büro? Ich verbrachte jeden Arbeitstag voller Furcht, dass ich zu spät anrufen und damit eine Auseinandersetzung provozieren könnte. Langsam wurde ich zum nervösen Wrack.

Nach der Arbeit musste ich ihn in der Stadt treffen (eine halbe Stunde Busfahrt), nur um mit ihm nach Hause zu fahren. Dort aß er dann zu Abend und ich musste mit ihm essen, weil er nicht gerne allein aß. Mein Leben bestand nur noch aus »müssen« und »sollen«. Ich war innerlich wie erstarrt und ließ mich nur noch von Tag zu Tag treiben, einer geistigen Tortur ausgesetzt von einem Mann, der mich angeblich liebte.

Viele Leute versuchten mir das klarzumachen, aber eigentlich wusste ich es ja längst selbst. Ich war nur irgendwie so taub und müde, dass ich glaubte, es gäbe keine Umkehr mehr. Ich kann es nur als eine Art Gehirnlähmung beschreiben – ich hörte zwar, was die Leute zu mir sagten, aber es erreichte meinen Verstand nicht mehr.

Die ganze Zeit rückte die Hochzeit näher. Meine Eltern machten sich furchtbare Sorgen, denn sie wussten, dass ich unglücklich war, und sie mochten nicht, wie er mich behandelte. Sie fragten mich ständig, ob alles in Ordnung sei, und ich sagte immer noch Ja. Ich kämpfte mit meinem Gewissen und wusste, dass ich Steve nicht liebte und wahrscheinlich auch nie geliebt hatte, aber ich hatte Angst, alles aufzulösen.

Dann beschloss ich endlich eines Tages, nachdem wir fünfzehn Monate zusammen waren, dass etwas geschehen musste. Ich ging zum Friedhof, er war völlig ausgestorben, und lief zwischen den Grabsteinen hindurch und dachte darüber nach, was los war und wie es eigentlich sein sollte. Schließlich rief ich laut nach meiner Großmutter und fragte sie, was ich tun sollte. Bestimmt hätten mich alle für verrückt gehalten, denn sie war schon gestorben, als ich elf war. Aber plötzlich bekam ich das Gefühl, als würden meine Gedanken klarer, und ich erkannte, dass der einzige Mensch, der mich aus dieser Misere befreien konnte, ich selbst war.

Fünf Minuten später verließ ich den Friedhof und wusste, dass diese Posse ein Ende haben musste. Ich spürte, wie mein altes Ich zurückkehrte – ich hatte endlich wieder die Kontrolle über mein Leben übernommen. Ich ging sofort zu Steve und erklärte ihm kurz und bündig, was ich beschlossen hatte. Sein stundenlanges Jammern, seine Tränen und Bitten, bei ihm zu bleiben, hatten keinen

Erfolg. Ich sagte ihm einfach nur, dass es vorbei sei. Endlich hatte ich die Kraft gefunden, Schluss zu machen, aber ich fühlte mich trotzdem noch wie taub.

Er schrieb mir noch Monate danach Briefe, aber ich antwortete nie. Ich bin jetzt ein stärkerer Mensch. Zweieinhalb Jahre später bin ich inzwischen sicher, dass mich niemand mehr so unterdrücken könnte. Nachdem ich mich von Steve getrennt hatte, habe ich elf Monate ohne jede Beziehung verbracht. Ich hatte Glück, dass ich immer noch meinen Job, meine Freunde und die Liebe und den Respekt meiner Familie hatte, nach allem, was sie meinetwegen hatten durchmachen müssen. Sogar mein erster Freund John hat mir verziehen und wir sind noch befreundet. Und kürzlich habe ich einen Jungen kennen gelernt, in den ich mich verliebt habe.

Ich kann immer noch nicht begreifen, wie dies alles geschehen konnte, aber ich weiß zumindest, welches Glück ich hatte. Es ist komisch, dass meine Freunde in mir immer jemand gesehen hatten, bei dem sie sich ausweinen und aussprechen konnten. Wirklich ein Jammer, dass es so lange gedauert hat, bis ich selbst auf meinen eigenen Rat hörte.

9

Richtig und falsch

Dein gutes Recht

Deine gesetzlichen Rechte zu kennen, kann, wenn es darauf ankommt, entscheidend sein. Egal, wie überzeugt du bist, im Recht zu sein, die Leute werden dich eher ernst nehmen, wenn du deine Argumente auch untermauern kannst.

Dieses Kapitel bietet einen Überblick über deine Rechte in den verschiedenen Situationen, die in diesem Buch geschildert werden. Es vermittelt dir einen Eindruck davon, was du erwarten kannst, aber ich bin nicht Rechtsanwältin und deshalb darfst du es auch nicht als professionellen rechtlichen Rat ansehen. Für aktuelle, länderspezifische und spezielle Informationen kannst du bei einer der Organisationen anrufen, die im letzten Kapitel unter dem Titel »Hilfe« aufgeführt sind, in Deutschland zum Beispiel das Kinder- und Jugendtelefon, in Österreich den Kindernotruf und in der Schweiz die Nummer 147. (Dieses Kapitel ist speziell auf die Situation in Deutschland abgestimmt, mit Ergänzungen für Österreich und die Schweiz. Wo keine besonderen Angaben für Österreich und die Schweiz vorhanden sind, bestehen geringfügige oder keine Unterschiede zu Deutschland. In jedem Fall aber gilt, dass du dich jeweils bei den entsprechenden Stellen im Anhang dieses Buches nach den gültigen Bestimmungen erkundigen musst. A. d. Ü.)

Zu Hause leben

Es mag dir hart vorkommen, aber solange du zu Hause lebst, haben deine Eltern theoretisch das Sagen. Es ist ihr Haus und sie können die Regeln festlegen, das heißt, wann du zu Hause sein sollst, wie viel du helfen musst, wie viel Taschengeld du bekommst usw. Du hast keine rechtliche Handhabe dagegen, aber du kannst natürlich versuchen mit ihnen zu verhandeln, um einen Kompromiss zu erreichen. Für Tipps dazu siehe Kapitel 2, »Wir wissen es doch am besten«.

Deine Eltern müssen dich »unterhalten«, bis du 18 bist, aber es ist nirgendwo gesetzlich festgelegt, was »Unterhalt« genau bedeutet, außer dass sie dir ein Dach über dem Kopf zur Verfügung stellen, dich ernähren und dir keine körperlichen Schäden zufügen. Deine Eltern bekommen Kindergeld für dich und das müssen sie auch für dich ausgeben (das Kindergeld ist gestaffelt, je nach Anzahl der Kinder; im Augenblick beträgt es in Deutschland für das erste Kind 270.- DM). Das ist das absolute Minimum an Fürsorge und viele Eltern bringen nicht einmal das auf. Manche sind so mit ihren eigenen Problemen beschäftigt, dass sie keine Energie mehr haben, sich um ihre Kinder zu kümmern. Das kann für dich ziemlich schwierig sein, also ist es wichtig, dass du jemand anders findest, der oder die sich ein wenig um dich kümmert. Oft sind Großeltern und Tanten darin ganz gut – zumindest zeitweise –, und wenn es zu Hause wirklich schlimm läuft, geben deine Eltern vielleicht ihr Einverständnis, dass du für eine Weile bei Verwandten lebst, bis sich alles wieder eingerenkt hat.

Eltern und Bestrafung

In Deutschland ist so genannte körperliche Züchtigung verboten, das heißt, Eltern dürfen ihre Kinder nicht schlagen, ja ihnen nicht einmal die berühmte »Ohrfeige« verpassen.

Wenn du ständig Probleme mit deinen Eltern hast und sie dich auch schlagen, solltest du dir anderswo Beratung und Hilfe holen.

Du kannst in Deutschland das Kinder- und Jugendtelefon des Kinderschutzbundes anrufen (Mo–Fr, 15–19 Uhr), Tel. 0800/1110333; der Anruf ist kostenlos und anonym. Dort wird man dich beraten und dir sagen, wohin du dich mit deinem Problem am besten wenden kannst, wenn etwas unternommen werden soll. Damit vergleichbar ist in Österreich der Kindernotruf, Tel. 02622/66661, und in der Schweiz die Telefonnummer 147 (jeweils rund um die Uhr).

In jeder größeren Stadt und auch in den Gemeinden gibt es so etwas wie eine städtische Jugend- und Familienberatung. Auch dort kannst du anrufen und einen Gesprächstermin vereinbaren. Man wird sich nicht ohne deine Einwilligung mit deinen Eltern in Verbindung setzen. Dann besteht auch noch die Möglichkeit, beim Allgemeinen Sozialdienst (im Jugendamt) deiner Stadt oder Gemeinde anzurufen und einen Gesprächstermin zu vereinbaren. Hier arbeiten Sozialarbeiter und Sozialarbeiterinnen, die dich beraten, dir aber auch vielleicht konkret helfen können.

Auf jeden Fall helfen dir all diese Stellen, ohne deine Eltern einzuschalten, wenn du es nicht wünschst. Sie können aber, wenn du das willst, auch einmal mit deinen Eltern reden und werden – immer vorausgesetzt, dass du das möchtest – versuchen, mit allen Beteiligten zusammen, das heißt besonders mit dir, eine Lösung für die Probleme zu finden.

Von zu Hause weggehen

Theoretisch kannst du dein Elternhaus nicht vor deinem achtzehnten Geburtstag verlassen. Wenn die Situation zu Hause für dich aber unerträglich ist, kannst du auch bei Freunden oder Verwandten wohnen.

Wenn du unbedingt von zu Hause wegwillst, ist es natürlich immer besser, dies mit Einwilligung deiner Eltern zu tun. Das bedeutet vielleicht, dass du nach euren Streitigkeiten deinen Stolz hinunterschlucken musst, aber früher oder später wirst du vielleicht herausfinden, dass es recht nützlich ist, eine gute Beziehung zu den Eltern aufrechtzuerhalten. Wenn du von zu Hause wegläufst, können deine Eltern dich als vermisst melden und dich durch die Polizei suchen und zurückbringen lassen.

Wenn auch deine Eltern der Meinung sind, dass es besser wäre, wenn du nicht mehr bei ihnen wohnst, kann das Jugendamt für dich einen geeigneten Platz finden, etwa in einer betreuten Wohngemeinschaft.

Versuch unbedingt zuerst mit jemandem zu reden, bevor du davonläufst, weil du es zu Hause nicht mehr aushältst. Die Sozialarbeiterinnen des so genannten Allgemeinen Sozialdienstes bei den Jugendämtern sind sehr verständnisvoll und werden immer versuchen *mit dir zusammen* eine Lösung zu finden. Wenn du zu Hause geschlagen oder missbraucht wirst, stellen sie dir sofort eine Notunterkunft zur Verfügung, bis du für dich alles sortiert hast und mithilfe ihrer Beratungsgespräche weißt, wie es für dich weitergehen soll. Du brauchst keine Angst zu haben, dass sie deine Eltern anzeigen oder irgendetwas tun, was du nicht willst. Das Wichtige ist, dass du überhaupt mit jemandem sprechen kannst, der Verständnis für deine Situation hat und dir die verschiedenen Möglichkeiten eines Auswegs aufzeigen kann.

Schule

Wie lange muss ich bleiben?

Die Schulpflicht in Deutschland beträgt neun Jahre. Das heißt, du musst neun Jahre zur Schule gehen, egal, ob du einen Schulabschluss machen willst oder nicht, und deine Eltern können dich auch nicht früher aus der Schule nehmen.

Regeln

Die folgende auf Deutschland ausgerichtete Situation lässt sich in etwa auch auf Österreich und die Schweiz übertragen. Es kann sein, dass du die Verhaltensregeln hasst, die an deiner Schule festgelegt sind, und sie für blöde und pingelig hältst, aber solange du an der Schule bist, musst du sie befolgen. Ansonsten hat die Schule das Recht, dich unter bestimmten Umständen ganz zu verweisen. Das wird allerdings nicht geschehen, bevor nicht viele Gespräche mit dir und auch deinen Eltern als Erziehungsberechtigte geführt wurden.

In der Praxis läuft es so, dass an Gymnasien (bzw. in der Schweiz an Mittelschulen) oft viel schneller ein Verweis von der Schule erfolgt als an Realschulen oder Hauptschulen. Kein Gymnasium ist verpflichtet, dich aufzunehmen, sodass es dir passieren kann, dass dir, falls du nach einem Schulverweis weiter ein Gymnasium besuchen möchtest, nur noch die Möglichkeit einer Privatschule bleibt – falls deine Eltern sich das leisten können.

Von Realschulen heißt es, dass sie meist etwas weniger strenge Maßstäbe anlegen, doch es kommt ganz darauf an, wie stark die Schule in deiner Stadt »ausgelastet« ist.

Bei den Hauptschulen schließlich gibt es Schulsprengel, das heißt, je nachdem, wo du wohnst, ist eine bestimmte Schule oder sind eventuell auch mehrere Schulen für dich zuständig. Schulpflicht bedeutet nämlich auch, dass du das Recht darauf hast, in eine der in deinem Sprengel liegenden Hauptschulen zu gehen.

Ob es ein besonders geschickter Schachzug ist, erst sämtliche Lehrer zu vergraulen und dann darauf zu bestehen, in eine Schule aufgenommen zu werden, bleibt natürlich die Frage. Fest steht jedoch, dass du das Recht auf neun Jahre Schulbildung hast, wobei du dir die Schule allerdings nicht immer aussuchen kannst.

Bestrafung

Körperliche Züchtigung, das heißt Prügel oder Schläge, sind grundsätzlich verboten.

Das bedeutet, dass kein Lehrer das Recht hat, dir in irgendwelcher Art körperliche Schmerzen zuzufügen (dazu gehört natürlich nicht, wenn dir bei körperlicher Anstrengung im Sportunterricht mal etwas wehtut).

Wenn du der Meinung bist, dass ein Lehrer dich verletzt oder missbraucht hat, solltest du das sofort melden. Sag es deinen Eltern und melde es mit ihnen zusammen der Schulleitung. Hast du das Gefühl, dass du nicht ernst genug genommen wirst, gibt es auch hier die Möglichkeit, beim Allgemeinen Sozialdienst deines Jugendamtes um einen Gesprächstermin zu bitten.

Die gängigsten Formen der Bestrafung sind in der Schulordnung festgelegt, von der du eine Kopie haben solltest. Die häufigste schulische Bestrafung ist ein schriftlicher Verweis oder eine Nacharbeit. Bei einer Nacharbeit müssen deine Eltern vorher schriftlich informiert werden.

Lehrer und Sex

Manche Jugendliche, besonders Mädchen, entwickeln eine leidenschaftliche Schwärmerei für einen Lehrer und ergehen sich in lebhaften Phantasien, in denen sie sich eine Wahnsinnsaffäre mit ihm ausmalen. Manche Schülerinnen versuchen sogar, dies wahr zu machen, indem sie ziemlich unverhohlen flirten und ihn damit in Verlegenheit bringen. Die meisten Lehrer kommen damit klar, aber es kann sein, dass du selbst vielleicht irgendwann später bei dem Gedanken daran noch rot wirst.

Es gibt allerdings auch Fälle, in denen ein Lehrer derartige Aufmerksamkeiten erwidert oder sogar eine sexuelle Beziehung beginnt. Dies ist absolut nicht erlaubt, da der Lehrer während deines Aufenthalts an der Schule eine Erziehungsfunktion hat und jegliche Form von sexueller Aufmerksamkeit als sexuelle Nötigung oder Missbrauch ausgelegt werden könnte. Für nähere Informationen hierzu siehe auch den Abschnitt über sexuellen Missbrauch etwas später in diesem

Kapitel. Wenn es dazu kommt, solltest du als Erstes den Lehrer auffordern, damit aufzuhören. Wenn das nicht funktioniert, musst du es jemandem erzählen, entweder der Vertrauenslehrerin, einer anderen Lehrkraft, der Schulleitung oder deinen Eltern. Wenn dir niemand glaubt, bleibt dir auch hier die Möglichkeit des Kinder- und Jugendtelefons des Kinderschutzbundes, des Kindernotrufs (A) bzw. der Telefonnummer 147 (CH) oder der Allgemeine Sozialdienst deines Jugendamtes (siehe auch unter »Hilfe«). Ein Lehrer, der versucht eine sexuelle Beziehung mit einer seiner Schülerinnen bzw. einem seiner Schüler aufzunehmen, hätte mit ernsten Konsequenzen zu rechnen. Allerdings soll hier nicht verschwiegen werden, dass es auf Grund des Beamtenstatus an den deutschen Schulen oft ein recht mühsamer Weg ist, einen Lehrer aus dem Schuldienst entfernen zu lassen.

Sich über Dinge an der Schule beschweren

Wer jammert nicht von Zeit zu Zeit über die Schule? Wenn du aber echt das Gefühl hast, es sei etwas nicht auszuhalten, dann geh es richtig an. Oft kannst du sogar gewisse Verbesserungen erwirken. An einer Schule zum Beispiel beschwerten sich die Mädchen ständig über den Zustand der Toiletten. Sie starrten vor Schmutz, es stank und nie gab es ausreichend Toilettenpapier und Handtücher. Schließlich tat sich eine Gruppe von Schülerinnen zusammen und entwarf eine Petition, die fast alle Mädchen an der Schule unterzeichneten. Dann baten sie um ein Gespräch mit der Schulleiterin und legten ihr die Petition vor. Sie baten um die Erlaubnis, die Toiletten selbst streichen zu dürfen, und boten an, persönlich verstärkt Kontrollen durchzuführen, um zu verhindern, dass ein paar wenige »schwarze Schafe« nach den Pausen Unrat und Schäden hinterließen. Die Schulleiterin war so beeindruckt, dass sie Nachforschungen anstellte, und als sich herausstellte, dass der Hausmeister seinen Job nicht richtig erledigte, übertrug sie die Verantwortung für die Toiletten jemand anders. Die Anlage wurde neu gestrichen, renoviert und dann mit ausreichend Handtüchern und weichem Toilettenpapier – versehen.

Ein allgemeines Problem könntest du auch in einem Artikel für die Schülerzeitung zur Diskussion stellen. An den meisten Schulen gibt es außerdem recht gute Schülermitverwaltungen oder einen Elternbeirat, an den man sich wenden kann.

Bevor du dich über einen bestimmten Lehrer beschwerst, der zum Beispiel auf dir herumhackt oder sinnlose oder zu schwierige Hausaufgaben aufgibt, solltest du das Problem zuerst mit diesem selbst zu klären versuchen. Auch Lehrer können nicht Gedanken lesen und wissen deshalb nicht, was in deinem Kopf vorgeht, solange du es nicht sagst. Zudem funktioniert der Austausch im Lehrerzimmer auch nicht immer bestens. So hat ein Lehrer vielleicht nicht gewusst, dass zwei seiner Kollegen bereits an einem bestimmten Tag sehr viele Hausaufgaben aufgeben. Solange du sie also darauf nicht hinweist (möglichst höflich), wird es weiter Berge von Hausaufgaben geben.

Sich beschweren ist immer wirkungsvoller, wenn du nicht allein auftrittst. Es ist weniger stressig für dich und sieht viel eindrucksvoller aus. Mach wenn möglich einen Termin mit der entsprechenden Lehrkraft oder notfalls der Vertrauenslehrerin oder der Schulleitung aus. Stell keine Forderungen, sondern biete Vorschläge an (siehe dazu »Strategien, um mit Eltern zu verhandeln« in Kapitel 2).

Arbeiten

Wende dich für aktuelle Informationen über grundsätzliche gesetzliche Regelungen an dein örtliches Arbeitsamt.

In Deutschland (wie auch in Österreich und in der Schweiz) ist Kinderarbeit grundsätzlich verboten. Für Kinder über 13, die Vollzeit schulpflichtig sind, sind die Bestimmungen im Jugendarbeitsschutzgesetz geregelt. Das heißt im Großen und Ganzen, dass du nur gewisse, leichte Arbeiten übernehmen darfst, die den Schulbesuch nicht beeinträchtigen und nicht länger als zwei bis drei Stunden täglich dauern (wie zum Beispiel babysitten.)

Jugendliche zwischen 15 und 18 dürfen während der Ferien bis zu vier Wochen arbeiten, jedoch nicht mehr als acht Stunden täglich und 40 Stunden pro Woche, tagsüber. Auch bei Teilzeitjobs während der Schulzeit gilt das Jugendarbeitsschutzgesetz.

Es gibt jedoch auch verschiedenste Ausnahmeregelungen (zum Beispiel für Bäckereien), die du – wie auch alles Übrige – im Einzelnen bei deinem Arbeitsamt erfragen kannst, das dir auch Ferienjobs vermitteln kann.

Sobald du das schulpflichtige Alter überschritten hast, darfst du einen Vollzeitjob annehmen oder eine Lehre machen. Auch hier gibt es aber Bestimmungen, die du bei deinem örtlichen Arbeitsamt erfragen kannst. Speziell ausgebildete Berufsberatungsstellen helfen dir gern.

Grundsätzlich kann man sagen, dass die Möglichkeiten auf einen Ausbildungsplatz oder einen Job natürlich immer besser sind, je besser dein Schulabschluss ist.

Wenn du nicht mehr schulpflichtig bist, werden alle Regelungen, auch die der Kündigung, in deinem Arbeitsvertrag festgelegt. Du hast die Möglichkeit, in eine Gewerkschaft einzutreten und dann deinen Arbeitsvertrag vorher dort prüfen zu lassen.

Sex und das Gesetz

In Deutschland macht sich strafbar, wer sexuelle Handlungen an einer Person unter 14 Jahren (Kind) vornimmt oder an sich von dem Kind vornehmen lässt. Das kann mit Freiheitsstrafe von sechs Monaten bis zu zehn Jahren, in minder schweren Fällen mit Freiheitsstrafe bis zu fünf Jahren oder mit Geldstrafe geahndet werden.

Das heißt im Klartext: Wenn du unter 14 Jahren alt bist, stehst du noch unter besonderem Schutz und es soll verhindert werden, dass insbesondere jemand, der älter ist, sich deine Unerfahrenheit zu Nutze macht. Wenn der Altersunterschied sehr groß ist, kann auch eine Beziehung mit einer/einem 15- oder 16-Jährigen möglicherweise strafbar sein. In Österreich und in der Schweiz bestehen zum Teil geringfügige Abweichungen und es gibt auch ab und zu Änderungen; Informationen erhältst du bei den entsprechenden Stellen (siehe Kapitel »Hilfe« im Anhang).

Sexuelle Handlungen an Schutzbefohlenen fallen unter Missbrauch (siehe dazu das übernächste Unterkapitel »Sexueller Missbrauch und Vergewaltigung«).

Homosexualität
Hier gelten im Großen und Ganzen die gleichen Bestimmungen wie bei heterosexuellen Beziehungen.

Da derartige Gesetze jedoch immer wieder Änderungen unterzogen werden, wendest du dich für genauere Auskünfte über die aktuelle Situation am besten an eine der Schwulen- und Lesbenorganisationen, die im Kapitel »Hilfe« aufgeführt sind. Fast alle größeren Städte haben auch eigene Schwulen- oder Lesbenverbände, deren Nummern du zum Beispiel in Frauenzentren oder Frauen- bzw. Männerbuchläden erfahren kannst.

Sexueller Missbrauch und Vergewaltigung
Sexueller Missbrauch ist grundsätzlich jeder Missbrauch von Macht, wenn Erwachsene oder ältere Jugendliche eine jüngere Person, oft eine Verwandte oder ein Kind in ihrer Obhut, zu irgendeiner Form von sexueller Beziehung zwingen. Dies kann Berühren an intimen Stellen bedeuten, erzwungenen Oralsex oder Beischlaf. Am Anfang (oft die beste Zeit, um eine Beschwerde vorzubringen oder den Missbrauch noch zu verhindern) kann sich der Missbrauch noch auf Gespräche über sexuelle Dinge oder entsprechende Vorschläge beschränken, der Täter entblößt vielleicht die Genitalien oder zeigt pornografische Fotos oder Videos. Welchen Grad der Missbrauch auch immer annimmt – er ist auf jeden Fall ungesetzlich und ich kann nicht genug betonen, wie wichtig es ist, sofort jemanden zu informieren.

Du kannst es einem nahe stehenden Erwachsenen erzählen oder bei einer der im Anhang aufgeführten Telefonnummern anrufen. Du hast ein Recht darauf, ernst genommen zu werden, und ein Recht auf Schutz.

Das Kinder- und Jugendtelefon des Kinderschutzbundes (0800/1110333, anonym und kostenfrei!, Mo–Fr, 15–19 Uhr) kann dir in Deutschland auch hier erst einmal Rat anbieten, in Österreich ist es der Kindernotruf und in der Schweiz die Nummer 147.

Eine speziell auf Hilfe bei sexuellem Missbrauch ausgerichtete Organisation in Deutschland ist »Wildwasser«.

Beachte hierzu auch die weiteren Telefonnummern und Adressen im Anhang!

Niemand von den dort angegebenen Stellen wird etwas ohne dein Einverständnis unternehmen. Man kann dir jedoch im Notfall auch eine vorübergehende, geschützte Unterkunft vermitteln.

Was immer auch geschieht, du wirst dich erleichtert fühlen, dass der Missbrauch aufgehört hat, aber du bist bestimmt auch verwirrt und aufgeregt, und es ist wichtig, dass du jemanden hast, mit dem du über all diese Ängste und Gefühle sprechen kannst. Auch dies wird dir von den angegebenen Stellen vermittelt.

Vergewaltigung nennt man den Tatbestand, wenn du gegen deinen Willen zu sexuellem Verkehr gezwungen wirst. Oft fängt sexueller Missbrauch mit kleineren Dingen an, endet dann aber mit Vergewaltigung. Der Täter nutzt dabei seine Machtposition aus, um dich (durch Versprechen oder Erpressung) zu dem zu bringen, was er will. Weitere Formen der Vergewaltigung verlaufen äußerst gewalttätig oder schließen sogar Drohungen oder Körperverletzung mit Messer oder einer anderen Waffe ein. Viele Täter kennen ihre Opfer, andere – wenige – suchen sich Fremde aus.

Leider bitten viele Vergewaltigungsopfer nicht um Hilfe – aus Angst oder weil sie sich schämen. Doch mit ihrem

Schweigen verlängern sie ihr Leid (und es ist ein großes Leid, in einem ständigen Angstzustand zu leben) und sie ermöglichen dem Täter dadurch, seine Brutalität weiter auszuleben. Wenn du vergewaltigt worden bist, ist es absolut entscheidend, so bald wie möglich Anzeige zu erstatten. Wenn du nicht sofort zur Polizei willst, kannst du bei einer der Organisationen anrufen, die im Anhang angeführt sind (siehe unter »Hilfe«!). Sie werden dich verständnisvoll und vertraulich beraten – und wenn du die Vergewaltigung anzeigen willst, auch mit dir zur Polizei gehen.

Medizinische Versorgung

Die Wahl einer Ärztin/eines Arztes

Bis du 18 bist, kannst du normalerweise bei dem Kinderarzt bleiben, den deine Eltern gewählt haben, denn er oder sie kann und wird dich auch als Jugendliche gerne behandeln. Wenn diese Person verständnisvoll ist und du mit ihr gut klarkommst, besteht an sich kein Grund zu wechseln, da sie dich und deine Familienverhältnisse bereits gut kennt. Du kannst jederzeit ein vertrauliches Gespräch vereinbaren, ohne dass deine Eltern es erfahren müssen. Wenn du dies möchtest, solltest du es aber auch so sagen und dir Vertraulichkeit zusichern lassen.

Verhütung

Natürlich kannst du mit deinem Kinderarzt auch über Sexualität und Verhütung sprechen. Du hast aber auch die

Möglichkeit, dich bei einer Gynäkologin (Frauenärztin, viele Mädchen bevorzugen hier eine Ärztin) anzumelden. Dazu ist nur deine Versichertenkarte der Krankenkasse notwendig. Eine gute Frauenärztin nimmt dich auch als Patientin ernst, wenn du noch nicht 16 bist, und auf jeden Fall sind alle Gespräche zwischen euch vertraulich, das heißt, sie wird ohne deine Einwilligung nichts davon deinen Eltern mitteilen. Ihr kannst du alle Fragen zum Thema Verhütung stellen und sie wird dich beraten und dir gegebenenfalls auch die Pille verschreiben. In Deutschland gibt es die Pille bis 18 auf Rezept umsonst.

Wenn du nicht weißt, zu welcher Ärztin du gehen sollst, fragst du am besten deine Freundinnen nach einer Empfehlung. Du kannst natürlich auch in eines der bundesweit bzw. auch in Österreich und in der Schweiz in vielen Städten existierenden Frauengesundheitszentren gehen und dich dort beraten lassen (siehe dazu die entsprechenden Hinweise im Anhang). Dort gibt es oftmals auch Informationen im Rahmen von Veranstaltungen oder es gibt spezielle Mädchengruppen!

Sexuell übertragbare Infektionen

Viele Menschen trauen sich nicht, ihren Arzt über sexuell übertragbare Krankheiten, einschließlich HIV (das Aids-Virus) zu befragen, weil sie Angst haben, dass es in ihrer Krankenakte aufgeschrieben wird und ihnen später Probleme machen könnte.

Wie oben schon erwähnt, unterliegt dein Arzt bzw. deine Ärztin der Schweigepflicht und darf ohne dein Wissen keine Daten über dich weitergeben.

Wenn du spezielle Fragen zu Aids hast, die du nicht deinem Arzt oder deiner Ärztin stellen willst, kannst du bei der Aids-Hilfe anrufen, die in vielen deutschen Städten unter der Sammelnummer 19411 zu erreichen ist (dabei ist dann noch die jeweilige Vorwahl deiner Stadt vorzuwählen), oder bei der persönlichen und anonymen Telefonberatung der Bundeszentrale für gesundheitliche Aufklärung, Tel. 0221/892031. Auch in Österreich und in der Schweiz gibt es entsprechende Stellen und Organisationen wie die Aids-Hilfe (siehe im Anhang unter »Hilfe«).

Schwangerschaft – das Gesetz und deine Wahl

Wenn du feststellst, dass du ungewollt schwanger bist, hast du verschiedene Möglichkeiten.

1. Du kannst das Baby bekommen und es selbst aufziehen.
2. Du kannst das Baby bekommen, brauchst aber Hilfe und willst es eventuell in Pflege geben, in der Hoffnung, dass du später in der Lage sein wirst, es selbst aufzuziehen und dich um es zu kümmern.
3. Du kannst das Baby bekommen und zur Adoption freigeben.
4. Du kannst einen Abbruch (Abtreibung) vornehmen lassen.

Das Baby behalten

Viele Mädchen halten es für unmöglich, ein Kind zu bekommen und es selbst aufzuziehen. Der Schock bei der Entdeckung, dass sie schwanger sind, und die Angst davor, es ihren Eltern zu sagen, lässt den Gedanken, selbst als mögliche Mutter in Frage zu kommen, offenbar gar nicht erst aufkommen. Aber viele auch sehr junge Frauen geben sehr gute Mütter ab. Ganz sicher ist es nicht leicht und das Geld dürfte knapp werden. Aber mit etwas Hilfe ist es zu schaffen. Oft erweist sich die Familie dann doch als überraschend verständnisvoll, sodass ein Baby letztlich mit Mutter und Großmutter im gleichen Haushalt aufwachsen kann und von beiden geliebt und verwöhnt wird.

Wenn deine Familie dich nicht unterstützt, kannst du anderswo Hilfe und Unterstützung bekommen, unter anderem auch einen Ort, wo du während der Schwangerschaft und nach der Geburt des Kindes bleiben kannst.

Wende dich an deine örtliche Jugend- und Familienberatung, dort erhältst du qualifizierte Beratung, man unterstützt dich bei der Beantragung von Geldern, bei der Wohnungssuche und der Suche nach einem Betreuungsplatz für das Kind.

Natürlich wirst du auch bei der Vergabe von Sozialwohnungen bevorzugt werden und die Beraterin erklärt dir, wohin du dich wenden musst.

Zuerst musst du bei der Beratungsstelle jedoch anrufen und nach der Erklärung, worum es geht, wird man einen persönlichen – kostenlosen! – Termin mit dir vereinbaren, wo alles Nähere besprochen wird.

Das Baby behalten, aber Hilfe brauchen

Wenn du dein Kind behalten, aber auch noch deine Ausbildung abschließen möchtest und zu Hause überhaupt keine oder nur wenig Unterstützung bekommst, kannst du dich ebenfalls an den Allgemeinen Sozialdienst oder die Jugend- und Familienberatung deiner Stadt oder Gemeinde wenden.

Es gibt dort Stellen, die genau über alle Möglichkeiten Bescheid wissen, und diese ausgiebig mit dir besprechen. Im Vordergrund steht dabei, dass dein Kind bei dir aufwachsen kann. Man kann dir dementsprechend vielleicht einen Platz in einer Mutter-Kind-Einrichtung vermitteln, wo dein Kind betreut wird, während du deine Ausbildung abschließt oder versuchst irgendwelche Probleme zu lösen. Es gibt auch andere Wohnformen, dies wird immer auf den einzelnen, speziellen Fall ankommen und in persönlichen Gesprächen mit dir, möglicherweise auch mit deinen Eltern, geklärt werden.

Falls du dich mit deinem Kind – aus welchen Gründen auch immer – völlig überfordert siehst, gibt es noch die Möglichkeit, das Kind vorübergehend in eine Pflegefamilie zu geben. Du kannst diese Pflegeeltern natürlich kennen lernen und auch Besuche bei ihnen vereinbaren.

Dein Baby zur Adoption freigeben

Privatpersonen dürfen keine Adoptionen vermitteln. Dies geschieht nur durch Verbände mit zum Beispiel kirchlicher Trägerschaft oder durch städtische Stellen. Jede dieser Stellen muss gesetzliche Auflagen erfüllen und eine Anerkennung des Landesjugendamtes als Vermittlungsstelle vorweisen.

Ein Gespräch über eine mögliche Adoption sollte so bald wie möglich stattfinden, damit du alle Informationen und genügend Zeit hast, dir alles in Ruhe zu überlegen. Deine Eltern haben hierbei kein Mitspracherecht und müssen auch nichts unterschreiben – außer du bist unter 14.

Allerdings soll die Freigabe zur Adoption durch beide Elternteile erfolgen, das heißt, auch der Vater des Kindes soll normalerweise unterschreiben, damit das Recht des Kindes auf den Vater gewahrt bleibt.

Mit deiner Unterschrift wird die Freigabe zur Adoption rechtlich bindend, das heißt, sie ist dann nicht mehr rückgängig zu machen. Deshalb ist es wichtig, dass du dir die Sache gut überlegst. Solange du unsicher bist, wird der Termin zur Unterschrift hinausgeschoben. Möglich ist eine Freigabe zur Adoption sowieso erst frühestens acht Wochen nach der Entbindung, um so der jungen Mutter eine ausreichende Bedenkzeit zu lassen.

Rein gesetzlich gibt es immer noch die so genannte Inkognitoadoption, das heißt, dass kein Kontakt zwischen der Mutter und den Adoptiveltern stattfindet. In der Praxis wird diese Regelung jedoch inzwischen meist anders gehandhabt. Oft kann die Mutter vorab bei der Auswahl der eventuellen Adoptiveltern Wünsche anmelden und auch Ehepaare vorgestellt bekommen. Es gibt zudem die Möglichkeit, eine Vereinbarung für die Zukunft zu treffen, und wenn die Adoptiveltern einverstanden sind, über Briefe und Besuche Kontakt zu halten.

Ein Kind aufzugeben, ist dennoch niemals leicht. Selbst wenn du dich jetzt dazu entschlossen hast, kann es sein, dass du dich nach der Geburt ganz anders fühlen wirst. Vergiss nicht, dass du immer noch das Recht hast, deine Meinung zu ändern, dafür sind schon die acht Wochen Frist eingeplant. Du kannst es dir natürlich aber auch länger überlegen.

Mehr Informationen erhältst du bei der Adoptionsvermittlungsstelle deines örtlichen Jugendamtes.

Schwangerschaftsabbruch – das Gesetz

Ein Schwangerschaftsabbruch, der grundsätzlich rechtswidrig ist, bleibt in Deutschland unter folgenden Bedingungen straffrei:

- Wenn eine Beratung in einer dafür anerkannten Beratungsstelle stattgefunden hat (ist durch Vorlage einer entsprechenden Bescheinigung nachzuweisen),
- wenn der Eingriff innerhalb von zwölf Wochen nach der Empfängnis von einem Arzt/einer Ärztin auf Verlangen der Frau durchgeführt wird. Der Arzt/die Ärztin, der/die den Abbruch vornimmt, darf weder die Beratung durchführen noch der Beratungsstelle angehören, die die Beratung durchgeführt hat.

Nicht rechtswidrig (und damit auch nicht strafbar) ist ein Abbruch im Falle der so genannten Indikationen:

- Wenn die Schwangerschaft eine Gefahr für das Leben oder die Gefahr einer schwerwiegenden Beeinträchtigung des körperlichen oder seelischen Gesundheitszustandes der Mutter bedeutet (medizinische Indikation),
- wenn die Schwangerschaft durch eine rechtswidrige Tat (z.B. Vergewaltigung) entstanden ist (kriminologische Indikation).

In den Fällen einer Indikation tragen die gesetzlichen Krankenkassen die Kosten des Schwangerschaftsabbruchs. Im Falle eines Abbruchs nach der Beratungsregelung können die Kosten bei Frauen mit keinem oder nur geringem Einkommen gegebenenfalls nach dem »Gesetz zur Hilfe von Frauen bei Schwangerschaftsabbrüchen in besonderen Fällen« übernommen werden.

Du findest die Adressen von Beratungsstellen im Telefonbuch unter dem Namen ihres Trägers oder in der Tageszeitung. Die bekanntesten Träger von Beratungsstellen sind (alphabetisch geordnet):

- Arbeiterwohlfahrt
- Caritas
- Diakonisches Werk
- Gesundheitsamt
- Pro Familia
- Sozialdienst katholischer Frauen

Bei den Katholiken findet zur Zeit der Entstehung dieses Buches eine Diskussion darüber statt, inwieweit sie noch als Beratungsstelle mit Ausstellung einer Bescheinigung tätig sein werden, da der Papst hier Bedenken hat.

In Österreich gilt seit vielen Jahren die Fristenlösung, während die Schweiz noch keine endgültige Regelung getroffen hat; zurzeit liegen dem Parlament ebenso ein Entwurf für eine Fristenregelung vor wie eine äußerst restriktive Initiative als »Gegenvorschlag«. Erkundige dich also nach dem aktuellen Stand der Dinge und der Handhabung der derzeit geltenden gesetzlichen Regelung (siehe Adressen und Telefonnummern im Kapitel »Hilfe«).

Hilfe

Grundsätzliche Möglichkeiten

- Im örtlichen Telefonbuch findest du unter »Notruf« meist auch die Notruftelefonnummer für vergewaltigte oder misshandelte Mädchen und Frauen sowie andere nützliche Nummern.
- Im örtlichen Telefonbuch bieten unter »Kirchliche Dienste« oder einem ähnlichen Stichwort auch die Kirchen telefonische Gesprächsangebote an.
- Im örtlichen Telefonbuch findest du unter dem Stichwort »Frauen ...« meist die Telefonnummer des nächstgelegenen Frauenzentrums oder Frauenhauses.
- In örtlichen Tageszeitungen findest du unter »Notruf« oder »Kirchliche und soziale Dienste« oft eine Art schwarzes Brett mit den Telefonnummern des Frauenhauses oder der Familienberatungsstelle deiner Stadt oder Gemeinde.
- In öffentlichen Büchereien, Jugendzentren oder Kulturzentren sowie in vielen Kirchen liegen Broschüren über Hilfsangebote mit Telefonnummern aus.

– Im Rathaus bei der öffentlichen Bürgerberatungsstelle oder im Gang des Jugendamtes liegen ebenfalls häufig Broschüren mit Hilfsangeboten aus.

Das Kinder- und Jugendtelefon des deutschen Kinderschutzbundes mit der Nummer 0800/1110333, Mo–Fr 15–19 Uhr, ist kostenlos und anonym. – Bei der »Nummer gegen Kummer« hört dir jemand zu, ohne dass du deinen Namen nennen musst. Man kann dich auch beraten, wohin du dich mit einem konkreten Problem noch wenden kannst. In Österreich gibt es den Kindernotruf unter der Nummer 02622/66661 und in der Schweiz die Telefonhilfe für Kinder und Jugendliche unter der Nummer 147 oder »Die dargebotene Hand« unter der Nummer 143. Diese Nummern kannst du anonym, rund um die Uhr und bei *allen* Problemen anrufen, die dich betreffen, ob mit Schule, Eltern, Freunden oder mit dem Leben allgemein!

Weil wir hier nicht alle Adressen aufführen können (allein zu Kindesmissbrauch gibt es zum Beispiel in Deutschland 800 Beratungsstellen), nennen wir hier einige Stichwörter, unter denen du im Telefonbuch nachsehen kannst; wenn du einen dir geeignet erscheinenden Eintrag findest – ruf an, man wird dir zuhören:
- Adoption …
- Aids …
- Aids-Beratung
- Aids-Hilfe
- Beratung für Kinder, Jugendliche und Eltern
- Beratungsstelle für …
- Beratungsstelle für Mädchen und Frauen

- Ehe-, Familien- und Lebensberatung
- Familienplanungszentrum
- Feministisches …
- Frauen …
- Frauenberatung
- Frauenhaus
- Frauennotruf
- Frauenzentrum
- Frauen helfen Frauen
- Frauenbuchhandlung
- Frauengesundheitszentrum
- Jugend …
- Jugendberatung
- Jugendamt
- Jugendsekretariat (besonders in der Schweiz)
- Kinderschutzbund
- Kinderschutzzentrum (besonders in Österreich)
- Kinder- und Jugendtelefon
- Lesben
- Mädchengesundheitsladen, Mädchenzentrum, Mädchenhaus, Mädchencafé
- Notruf … (Hilfe bei Vergewaltigung)
- Schwangerschaftsberatung
- Schwangerschaftskonfliktberatung
- Sexualberatung
- Sozialamt
- Telefonseelsorge
- Wildwasser (Hilfe bei sexuellem Missbrauch)
- Zartbitter (Hilfe bei sexuellem Missbrauch)

Natürlich kannst du auch im Internet nachsehen. Die Bundeszentrale für gesundheitliche Aufklärung zum Beispiel bietet unter http://www.bzga.de jede Menge an aktualisierter Information, Adressen und Telefonnummern zu Sexualität, Partnerschaft und Verhütung, Aids und anderes mehr. Die BZGA bietet auch eine persönliche und anonyme Telefonberatung zu Aids an, Tel.: 0221/892031. Eine gute und sehr informative Anlaufstelle in Österreich ist http://www.kindernotruf.at und in der Schweiz findest du viele Informationen und Adressen unter http://www.projuventute.ch (»Unser Angebot« und dort unter dem Stichwort »Jugendliche ...«).

Im Folgenden einige spezifische sowie überregionale Adressen – dies sind meist Zentralstellen, die dir die Telefonnummer der passenden Stelle an deinem Wohnort nennen können:

Aids:

Deutsche AIDS-Hilfe e.V. (DAH)
Dieffenbachstr. 33
10967 Berlin
Tel.: 030/690087-0

Aids-Hilfe (Vorwahl deiner Stadt) + 194 11

Bundeszentrale für gesundheitliche Aufklärung,
Telefonische, anonyme Beratung zu Aids: 0221/892031

Homosexualität:

Lambda
Schwul-lesbisches Jugendnetzwerk e.V.
Rittergut
99955 Lützensömmern
Tel.: 036041/44983

Lesben- und Schwulenverband
in Deutschland (LSVD e.V.)
Pipinstr. 7
50667 Köln
Tel.: 0221/9259610

Adoption:

Wurzeln und Flügel Adoptionsforum e.V.
Stubenrauchstr. 49
12161 Berlin
Tel.: 030/8227798

Essstörungen:

ANAD
Anorexia – Bulimia e.V.
Rottmannstr. 5
80333 München
Tel.: 089/5236633

http://www.magersucht-online.de

Allgemeine Beratungsstellen zu Sexualität, Partnerschaft und Verhütung:

Arbeiterwohlfahrt
Bundesverband
Oppelner Str. 130
53119 Bonn
Tel.: 0228/66850

Deutscher Caritasverband
Karlstr. 40
79104 Freiburg
Tel.: 0761/200454

Diakonisches Werk der Evangelischen Kirche in Deutschland
Stafflenbergstr. 76
70184 Stuttgart
Tel.: 0711/21590

PRO FAMILIA
Deutsche Gesellschaft für Familienplanung,
Sexualpädagogik und Sexualberatung e.V.– Bundesverband
Stresemannallee 3
60596 Frankfurt am Main
Tel.: 069/639002

Sozialdienst katholischer Frauen
Zentralstelle
Agnes-Neuhaus-Str. 5
44135 Dortmund
Tel.: 0231/5570260

Und noch einmal: Bundesweite Sondernummer bei allen Sorgen und Problemen, ob mit Schule, Eltern, Freund oder Freundin:
Kinder- und Jugendtelefon des Deutschen Kinderschutzbundes
0800/1110333

Wichtige Anlaufstellen in Österreich:

Aids:
AIDS-Hilfe Wien
Mariahilfer Gürtel 4
1060 Wien
Tel.: 01/59937

http://www.aids.at (sehr ausführlich und informativ)

Frauennotruf der Stadt Wien, 0–24 Uhr
01/71719

Notruf und Beratung für vergewaltigte Mädchen
Tel.: 01/5 26 49 94

Beratungsstelle Tamar für misshandelte und sexuell missbrauchte Frauen und Mädchen
Wexstr. 22
1200 Wien
Tel.: 01/3340437

Pro Juventute
Salzstr. 7
8940 Liezen
Tel.: 03612/26322

Rosa Lila Villa
Beratungszentrum für homosexuelle Frauen und Männer
Linke Wienzeile 102
1060 Wien
Tel.: 01/5854343

Kinderschutz-Zentrum Wien
Kandlgasse 37/6,
1070 Wien
Tel.: 01/5261820

Kinderschutz-Zentrum Kärnten
Kumpfgasse 20
9020 Klagenfurt
Tel.: 0463/56767

Die Möwe
Kinderschutz-Zentrum St. Pölten
Bräuhausgasse 3,
3100 St. Pölten
Tel.: 02742/311111

Salzburg
Strubergasse 4,
5020 Salzburg
Tel.: 0662/1708

Tirol
Sillgasse 8
6020 Innsbruck
Tel.: 0512/1708

Oberösterreich
Starhembergstr. 14,
4020 Linz
Tel.: 0732/1708

Und noch einmal: landesweit gültige Nummer für alle Sorgen und Fragen, die dich beschäftigen: Kindernotruf 02622/66661

Wichtige Anlaufstellen in der Schweiz:

AAB, Anonyme Aids-Beratung, Zürcher Aids-Hilfe
Birmensdorferstr. 169
8036 Zürich
Tel.: 01/4611516
Jugendtelefon: Mi 14–17 Uhr, Frauentelefon: Mo 14–17 Uhr, Schwulentelefon: Di 14–17 Uhr
http://www.zah.ch

Lesbenberatung Frauenzentrum
Mattengasse 27
8005 Zürich
Tel.: 01/2727371
Do 18–20 Uhr

Beratungsstelle für Essstörungen
Postfach 9763
8036 Zürich
Tel.: 01/4635566

Schweizerische Fachstelle für Adoption
Hofwiesenstr. 3
8042 Zürich
Tel.: 01/3608090

Schlupfhaus Zürich, Kriseninterventions- und
Beratungsstelle für Jugendliche und Kinder
Schönbühlstr. 8
8032 Zürich
Tel.: 01/2510611
Sorgentelefon: 01/2612121

Beratungs- und Informationsstelle für sexuell ausgebeutete
Kinder und weibliche Jugendliche »Castagna«
Universitätsstr. 86
8006 Zürich
Tel.: 01/3644949

Beratungsstelle für vergewaltigte Frauen und Mädchen
Rodtmattstr. 45
3014 Bern
Tel.: 031/3321414

Intake des Jugendamtes, Anlauf- und Kontaktstelle
Leonhardstr. 45
4051 Basel
Tel.: 061/2714455
8–12 Uhr und 13.30–17.30 Uhr

Opferberatungsstelle für sexuell ausgebeutete
Kinder und Jugendliche VIVA
Habsburgerstr. 22
6003 Luzern
Tel.: 041/2110015

Frauenhaus für misshandelte Frauen,
Kinder und Jugendliche
Postfach
9000 St. Gallen
Tel.: 071/2500345

Jugendberatung der Stadt Zürich
Röntgenstr. 44
8005 Zürich
Tel.: 01/4445050
Schaffhauserstr. 315
8050 Zürich
Tel.: 01/3166060

Und noch einmal: Telefonhilfe für Kinder und Jugendliche unter der Nummer 147 sowie »Die dargebotene Hand« unter der Nummer 143 sind rund um die Uhr erreichbar. Beratungsstellen gibt es in fast jeder Gemeinde (unter dem entsprechenden Stichwort im örtlichen Telefonbuch).